L'assassin habite Granville

Du même auteur

■ Collection "espionnage" (Editions O.C.E.P.)

Espions chinois à Granville
Qui a tué le douanier du Mont-Saint-Michel
S.O.S. douanes pour sauver Cherbourg
Nid d'espions à Granville

■ Collection "....... en 1900" (Editions Corlet)

La Manche en 1900 (cartes postales anciennes)
Le Calvados en 1900
L'Orne en 1900
La Seine-Inférieure en 1900
L'Eure en 1900
La Bretagne en 1900
La belle histoire du cidre et du Calvados (à paraître)
La pêche à la morue à Terre-Neuve et en Islande
Le Mont-Saint-Michel en 1900 (à paraître)
La belle Histoire des Moulins à vent et à eaux en basse et haute Normandie (à paraître)
Donville (paru)

Michel Hébert

L'assassin habite Granville

Editions Corlet

Avertissement

Ce récit n'est que le fruit de mon imagination, même s'il est basé sur un événement réel.

Toute ressemblance de faits ou de personnages avec la réalité ne pourrait être que le fruit d'un pur hasard.

Editions Charles Corlet, 1997
I.S.B.N. 2-85480-815-0

Remerciements

L'Auteur tient à remercier toutes celles et tous ceux qui l'ont aidé, à un titre quelconque, à réaliser cet ouvrage, notamment Jacqueline, son épouse, pour son affectueux soutien.

Ce roman est dédié à ses deux filles, Dominique et Christel, en souvenir de leurs vacances à Donville et à Granville.

Michel Hébert

CHAPITRE Ier

Grimaud s'étira, repoussa d'un geste sec et rageur les draps du lit et se leva d'un bond.

Un rapide coup d'oeil vers la fenêtre de sa chambre le renseigna aussitôt. Il ferait beau aujourd'hui, aucun doute sur la question. Là-bas, à l'horizon, les îles Chausey se découpaient très nettement sur un ciel blafard et gris mais la mer était bleue. C'était là le signe.

Depuis dix ans que le lieutenant Grimaud habitait ce pays à la fois attachant, à la fois déroutant, qu'était Granville, il avait eu le temps d'en déchiffrer les signes. Et le temps était l'une des énigmes qu'il avait appris à maîtriser.

Nommé à Granville au 1er R.I.MA. et chargé de l'encadrement des jeunes recrues, il avait su, très rapidement, se faire respecter et aimer de ses soldats. Il avait rarement eu à faire preuve d'autorité et à instaurer une discipline de fer. La caserne du Roc était un havre de paix pour le bidasse qui, somme toute, avait l'impression d'être plus en colonie de vacances qu'incorporé dans l'armée française.

Grimaud siffla joyeusement et fila sous la douche. L'eau glacée gicla sur son corps musclé et basané. Dix minutes plus tard, le lieutenant se frictionnait le dos et revêtait rapidement son uniforme.

Un regard vers le réveil : six heures. Il devrait être à la caserne dans une demi-heure. Pas de temps à perdre. Il descendit à la cuisine et se prépara un bol de café qu'il ingurgita, bouillant, sans sucre. Il avait horreur de la saccharose. Il rafla, au passage, sa serviette de cuir fauve qui traînait dans le couloir et sauta dans la Citroën. La voiture l'attendait bien sagement rangée contre le trottoir jouxtant le pavillon qu'il occupait, route de Coutances, dans cette charmante petite station balnéaire qu'était Donville.

Le véhicule descendit lentement vers Granville.

Au Casino, il se faufila dans la rue des Juifs pour finalement déboucher devant le poste de garde.

Delarue, le sous-officier de service, le reconnut, salua et souleva la barrière d'accès.

Dans la cour régnait déjà une activité fébrile.

Comme chaque premier lundi du mois, c'était la journée consacrée à l'exercice de tir.

Les G.M.C. rangés sous les tilleuls attendaient, immobiles, l'embarquement des sections désignées, la veille, pour participer aux séances d'entraînement.

— Dussault, héla l'officier, tout est prêt ?

— Oui, mon lieutenant, les cibles sont dans le dernier camion et pas un homme manquant à l'appel hier soir !

— Bien, lança négligemment Grimaud qui appréciait l'intelligence et l'efficacité de son subordonné.

Les dernières sections achevaient d'embarquer et, déjà, les moteurs, qui tournaient au ralenti, commençaient à trouer l'aube de leur pétarade.

— Les "péquins" vont nous bénir, à cette heure matinale, lâcha Dussault.

Grimaud sourit. Il savait que c'était l'un des soucis majeurs du colonel, commandant la garnison : conserver l'estime des riverains. Il lui fallait tact et diplomatie pour apaiser toutes les récriminations émanant des populations locales.

Après tout, un soldat était un soldat. Difficile, quand on a vingt ans, d'empêcher tous ces gaillards de cavaler après les filles, de casser deux ou trois verres le soir, dans les cafés du port ou de rentrer, tout simplement, à minuit, à la caserne en beuglant d'une voix avinée.

En fait, rien de méchant. Mais à Granville, ces petits incidents tenaient régulièrement lieu de catastrophe.

— Prêt, mon lieutenant, tout est "OK" !

— Chauffeurs à vos camions, hurla Grimaud.

Le convoi s'ébranla, lentement, en direction de la poterne et, quelques minutes plus tard, gravissait la côte du Calvaire dans un fracas assourdissant.

La jeep de Dussault, en avant-garde, filait bon train.

A Brehal, elle obliqua sur la gauche et s'engagea, suivi de la meute des G.M.C., sur la départementale 103.

Quelques kilomètres plus loin, les camions empruntèrent un petit sentier débouchant sur les dunes de Lingreville et, parvenus devant les ruines d'une ancienne bergerie, stoppaient dans un nuage de sable.

— Sections à terre, beugla Dussault qui, rapidement, compta ses ouailles.

Parfait, pas un resquilleur ! Les trente-deux

hommes étaient tous là.

— Les caporaux-chefs, à moi !

Les quatre galonnés s'avancèrent. Le sergent étala la carte devant lui et les quatre têtes se penchèrent.

— Lobjoie, vous installerez vos silhouettes sur le sommet de cette bosse, face à la mer.

Durieux et Munard, là, à l'embouchure du Ruet. Quant à vous, Blanc, prenez possession des ruines de la bergerie et placez-y votre pas de tir !

Les hommes saluèrent et s'éloignèrent dans un joyeux brouhaha.

Dussault jeta un regard vers la mer : blcue, étale, lisse. Pas une vague.

— Idéale pour un petit plongeon, tout à l'heure.

Satisfait, il regagna sa jeep et brancha son poste d'écoute sur le canal affecté aux quatre chefs de section. Au loin, dans le ciel, un lourd vol de canards sauvages s'étirait en flèche, tandis qu'à quelques mètres, le long du rivage, les mouettes lançaient leur cri strident et guttural.

— Décidément, une belle journée ! Pas un chat sur la plage. Les parisiens avaient déjà regagné leur Ile de France natale et cette matinée d'automne s'annonçait splendide.

Dussault bailla et regarda machinalement les

préparatifs de ses caporaux-chefs.

Allons donc ! Ce n'étaient plus des bleus et tout se passerait normalement, comme à chaque fois.

Rassuré, il décida de sommeiller et s'assoupit.

* * *
* *
*

Le caporal-chef Blanc rejoignit rapidement son "bahut". Les sept hommes de sa section étaient allongés sur le ventre, devisant gaiement.

Hortoul, le grand rouquin, avait déjà allumé une cigarette. Quel vice !

L'animal fumait plus d'un paquet par jour. Blanc usait de tous les stratagèmes pour lui faire cesser cette vilaine manie, mais en vain.

— Hortoul, éteins ton clope, ordonna Blanc. Je t'ai déjà dit que l'on ne fumait pas dans les dunes à cause des incendies possibles !

L'autre râla, pour la forme, lâcha une bordée d'injures mais obtempéra, en final.

— Bon, allez descendre les silhouettes et mettez vos F.A.M.A.S. à l'abri du sable. Pas plus dégueulasse que le sable pour encrasser et enrayer votre arme.

— Où a lieu le tir ? voulut savoir le petit Dumez qui était classé tireur d'élite car il n'avait jamais mis une balle en dehors de la cible depuis son incorporation.

Le colonel l'avait d'ailleurs félicité, lors des grandes manoeuvres d'été, et le garçon en était plutôt fier.

— Vous disposez les silhouettes contre le mur en ruines de la bergerie mais attention ... face à la mer !

Les hommes se levèrent en silence et telle une machine bien huilée se mirent au travail. Une heure plus tard, les soldats de carton pâte faisaient face à leurs bourreaux. Zombis immobiles, ils semblaient les défier du regard.

— Chef tout est paré, lâcha Dumez, le tombeur de ces dames. Le jeune homme s'était, en effet, taillé une solide réputation de Don Juan.

— Je les ai toutes eues, affirmait-il sans ciller.

— Pas un homme, disait Hortoul, mais un sanglier du maquis.

Le fait était là : il plaisait à la gent féminine granvillaise et le lascar en profitait derechef.

Blanc brancha son talkie-émetteur de liaison et appela Dussault.

— Pingouin appelle Manchot ...

Le poste grésilla mais ne reçut aucune réponse.

— Il pionce le mec ...

— La boucle, hurla Blanc, ou je n'entendrai rien !

Il recommença son appel.

— Pingouin appelle Manchot ...

— Y pionce que je dis ... lâcha, à nouveau, Hortoul.

— ... pendant que les forces vives de la Nation marnent de bon matin, ajouta Tonard qui faisait également ses classes au 1er R.I.MA..

Une voix hésitante se fit entendre.

— Manchot à Pingouin ... Répondez ...

— Demande autorisation commencer le tir, martela le caporal-chef, le nez dans l'émetteur.

— Autorisation accordée. Rendez compte du déroulement et gardez votre fréquence.

Un déclic, Dussault avait raccroché. Blanc se leva.

— Prenez vos flingues et face aux cibles.

Les sept se levèrent comme un seul homme et s'emparèrent de leur fusil. Une sacrée arme que ce F.A.M.A.S.. Toute l'armée française venait d'en être dotée. Il avait fait merveille, il y a quelques années, déjà, au Liban, quand le détachement de l'O.N.U., la F.I.N.U.L., avait dû déloger les francs-tireurs terroristes qui hantaient, alors, les ruines de Beyrouth, semant l'insécurité par toute la ville.

L'arme tirait au coup par coup, ou par rafale automatique, ce qui était amplement suffisant pour atteindre l'adversaire non touché à la première salve.

— Chargeurs, hurla Blanc !

Sept paires de mains s'emparèrent de la petite boîte noire qui pendait au ceinturon. Un cliquetis s'ensuivit, bien synchronisé.

— Armez ...

Les culasses glissèrent et se verrouillèrent d'un bruit sec. Blanc était fier de sa section. Elle était, de loin, la meilleure, pour le maniement des armes, de toute la caserne du Roc.

— 10 mètres de l'objectif ... tir couché !

Les hommes s'allongèrent sur le sol et réglèrent leur visée.

— Merde, éructa Savery, le sable est dur et il chatouille mes deux gonades ...

— Tes "deux quoi", s'enquit son voisin qui, lui, n'avait tout juste que le certificat d'études et ne connaissait pas ces termes scientifiques ? !

— Fais un trou dans le sable, conseilla Tonard, goguenard, cela leur fera un joli petit nid d'amour.

Blanc piqua sa colère.

— Le premier qui bronche : proposition de 48 heures de salle de police !

La menace fit l'effet d'une douche. Le prochain week-end se déroulait le bal de la "quille" et rester au "trou", ce jour-là, ne réjouissait personne. Aussi les rires s'arrêtèrent et le silence se fit. Chacun emplit ses bronches d'air salin. Les doigts se crispèrent sur la tête de gâchette, la pupille rivée à l'oeilleton.

— Feu !

Les rafales partirent. Le son roula dans les dunes et mourut vers le large. Les silhouettes tressautèrent. Blanc d'un rapide coup d'oeil jaugea le résultat. "Pas mal du tout" ! Toutes les balles avaient, dans un bel ensemble, déchiqueté la poitrine du soldat dessiné sur le papier kraft.

Les culasses glissèrent à nouveau, éjectant les douilles vides.

— Armes aux côtés et ... aux résultats !

Les jeunes se levèrent d'un bond et coururent vers le mur de la bergerie.

— Tiens ! Tu en as mis une dans ses gonades, plaisanta Faytout à l'attention de Dumez, qui, vexé, fit simplement remarquer que c'était un simple tir d'essai et rien d'autre.

Blanc fit réajuster les cibles au mur. Ce dernier, en terre, commençait déjà à s'effriter sous l'explosion des projectiles.

Il y avait énormément de bergeries dans les dunes qui bordaient la Manche. La coutume voulait que l'on y fasse paître régulièrement les moutons. L'herbe salée donnait à la chair des brebis un goût sauvage qui en faisait une viande très recherchée.

Les gigots de pré-salé étaient réputés dans le monde entier. Il n'y avait guère de fête pascale, communion ou repas de mariage sans que l'épaule de pré-salé ne se retrouve sur toute bonne table normande.

Les bergeries avaient donc fait, de tout temps, partie du paysage régional.

Mais celle qui était en ruines, sous les yeux de Blanc, devait être très vieille car ses murs étaient en terre mélangée de coquilles d'huîtres. Ils avaient une épaisseur de plus d'un mètre.

— Du beau travail artisanal, jaugea le caporal-chef dont le père et le grand-père avaient été maçons et qui, lui, aussi, se destinait au métier.

— Second tir, ordonna Blanc. A vos emplacements !

Le petit groupe reflua joyeusement.

Une deuxième fois, les F.A.M.A.S. pointèrent vers les cibles.

Chacun cherchait le meilleur point d'appui pour les coudes, retenant sa respiration, au maximum, le canon dirigé vers le coeur de la silhouette qui lui faisait face.

Un long silence s'établit. Le caporal-chef, jugeant que toutes les conditions étaient réunies pour un excellent tir, donna le signal.

— Feu à volonté !

Le bruit des armes à feu, crachant leur venin, roula, à nouveau, en cascade.

Cette fois-ci, c'était parfait. Il jubilait. Quelle équipe !

— Aux résultats, lança-t-il, heureux !

Ce fut la ruée vers la bergerie.

A l'exception de Brulard et de Monory, qui avaient placé une balle en dehors du coeur, tous avaient fait mouche. Mais l'ensemble était presque correct. Blanc ne leur mâcha pas ses félicitations.

— Vous êtes de dangereux tueurs les enfants, et je n'aimerais pas avoir affaire à vous, plus tard, plaisanta-t-il.

— Chef, vous seriez plus qu'épatant si vous nous autorisiez à décaniller ce pan de mur, implora Dumez.

Les yeux se fixèrent sur le mur de la bergerie. Effectivement, l'argile, entamée par l'impact des balles, n'avait plus la résistance suffisante pour soutenir tout un morceau de construction encore intact. Le moindre coup de vent et ce dernier s'effondrerait.

— Avec une seule salve, on doit pouvoir le faire basculer, précisa Faytout, avec assurance.

— Allons, chef, du cran, ricana Hortoul !

Blanc réfléchit quelques minutes. Après tout, le sergent-chef n'en saurait rien. Rares étaient les séances où il s'appliquait, au retour, à vérifier la conformité des trous sur les cibles avec les cartouches tirées.

Une série de loupée, par mauvais réglage de la visée, cela pouvait fort bien arriver. Il n'y verrait donc que du feu.

Sept paires d'yeux suppliants le fixaient.

— Bon, OK, mais bouche cousue. Je compte sur vous.

— Juré, chef, clamèrent toutes les voix à l'unisson.

— Alors, au pas de tir, et en vitesse, ordonna Blanc qui était curieux de savoir si ses tireurs d'élite allaient réaliser l'exploit.

Les fusils caressèrent à distance la ligne d'argile déjà entamée, à environ un mètre du sommet du mur. Si le pan tombait, c'était une masse de 200 kilos qui allait éclater au sol dans un beau vacarme et au milieu d'un nuage de poussière.

Bah ! Dans quelques jours, ils auraient la "quille" et retrouveraient la vie civile. Il n'avait jamais eu à se plaindre de sa section et c'était sa façon, à lui, de les remercier de leur comportement.

— En joue !

Sept canons se levèrent.

— Feu !

Les uns après les autres, les soldats vidèrent calmement leur chargeur, de gauche à droite, le long de la ligne précédemment tracée.

Ce fut à l'avant dernière rafale que le mur s'abattit dans un grondement qui fit sursauter Blanc malgré lui ...

— Bravo ... Hurrah !

Les garçons se levèrent d'un bond.

— Sécurité, rappela Blanc qui, malgré tout, ne perdait pas le nord.

La section, rapidement, fit manoeuvrer les culasses et ôta les chargeurs des armes.

— Aux résultats, dit le caporal-chef, en prenant la tête du rush vers la bergerie.

Monory, qui avait gagné tous les parcours du combattant, arriva, le premier, au pied du mur. Il ne put que bégayer :

— "Chef, chef ... incroyable ... venez voir !

Mais déjà les autres parvenaient à sa hauteur.

Blanc comprenait, maintenant, l'origine du grondement. Le mur, en basculant sur le sol, avait fait écrouler la voûte d'une cave qui, sous la pression des 200 kilos, s'était affaissée.

Et ce que les huit hommes hagards découvraient n'était autre qu'un amas de vieilles malles en cuir mangé par l'humidité. Des dizaines de malles, renforcées de clous d'acier rongés par la rouille et dont les couvercles étaient scellés par d'énormes serrures, comme il y en avait dans l'ancien temps.

Monory rompit le premier le silence.

— Eh bé ! Si je m'attendais à celle-là !!!

— L'on pourrait, peut-être, aller voir de plus près, finit par proposer Brulard.

Les petites cellules grises de Blanc fonctionnaient à vitesse grand V.

Mince, alors, quelle affaire ! Qu'est-ce que cela peut vouloir dire ?

— Le mieux est de descendre, finit-il par concéder.

La cave était profonde, plus de six mètres, et s'y aventurer était par trop risqué.

— Chef, sauf votre respect, il serait bon que j'aille chercher au camion le filin de remorquage.

— OK !

Tonard revint en courant et lança la corde d'acier dans le trou béant.

— Trois à nous descendre, décida Blanc, et les quatre autres feront partie de l'expédition.

— Par ordre alphabétique, lança-t-il pour

mettre fin à la grogne qui commençait à naître.

Dumez, Brulard, Faytout, vous nous descendrez et remonterez ensuite. Les autres, en route !

Blanc se laissa glisser le long du filin. Les quatre mousquetaires le rejoignirent. La partie de la voûte qui s'était effondrée était assez large pour laisser filtrer une nappe de lumière.

La cave mesurait environ 25m2. Aucune issue n'existait, du moins à première vue. La voûte avait dû être, purement et simplement, murée à l'origine.

Les cinq hommes comptèrent les malles : 22, au total. Empilées les unes sur les autres, ils essayèrent, mais en vain, d'en déplacer une.

— Qu'est-ce qu'elles peuvent bien contenir, soupira Hortoul, perplexe. Il y en a de trop pour qu'il s'agisse du trésor d'un humble fermier ou d'un pêcheur du coin.

— C'est sûrement de l'antiquité, ajouta Monory. Regardez le cuir. Je m'y connais : c'est de la grosse croûte de vache comme il y en avait, autrefois, chez mon grand-père, pour fabriquer les courroies des broyeurs à raisin, en Bourgogne.

Blanc réfléchit quelques secondes. Il était préférable d'essayer d'ouvrir l'une de ces malles. Il s'adressa à Tonard qui avait toujours un couteau sur lui.

— Tonard, sors ton surin et essaye de manoeuvrer la serrure !

Le garçon ne se fit pas prier et sortit, sur le champ, son "Pradel", cadeau d'un vieil oncle. Il commença à farfouiller dans la bouche béante de la serrure, mais en pure perte. Il eut peur de casser la lame de son couteau et arrêta les essais.

— Impossible, chef ! Il faudrait au moins de la dynamite pour la faire sauter.

— A mon avis, se risqua Savery, seul un levier viendra à bout de cette saloperie de caisse.

Blanc leva la tête et héla Dumez.

— Va au camion et ramène nous le démonte-pneu.

Quelques minutes plus tard, Savery, en possession du précieux outil, s'attaquait à la serrure.

Il fallut plus d'une demi-heure d'efforts pour qu'elle consentit à lâcher. Une dernière pression et elle sautait.

Les jeunes gens s'arc-boutèrent et soulevèrent le couvercle qui pivota dans un affreux crissement.

Ils restèrent totalement hébétés : des dizaines de ciboires en or, incrustés de diamants, entassés pêle-mêle, s'offraient à leur vue.

— Les ciboires des curés, marmonna Hortoul qui ne portait pas la religion dans son coeur

— Ah bé .... si ... si ... Le petit Monory en bégayait de surprise.

Blanc réfléchissait.

Ce qui leur arrivait était absolument incroyable. Un véritable trésor gisait là, à leurs pieds. L'aspect extérieur des malles montrait à l'évidence que ces richesses dataient de plusieurs siècles.

Avec les copains, il se retrouvait inventeur d'un trésor. Il connaissait bien le problème car, un jour, alors qu'il effectuait, avec son père, des travaux de maçonnerie sur une vieille grange de campagne, ils avaient trouvé, dans le mur, une cachette contenant plusieurs pièces d'or datant de Napoléon III.

— Le trésor du grand-père ! Nous en avait-il assez parlé, le bougre, sans que nous puissions deviner où il était enterré, avait dit le fermier.

Son père s'était renseigné. L'inventeur d'un trésor avait le droit à la moitié et le propriétaire des lieux au reste.

Mais dans le cas présent, les dunes étaient propriété de l'Etat, donc la moitié du trésor lui revenait. Remettre l'autre partie au Gouvernement ne l'enchantait guère.

Aussi, une idée germa rapidement dans son cerveau. Pourquoi ne pas partager, en huit, le contenu des malles ? L'Etat avait assez de revenus avec ce que les Français lui payaient. Et, tout compte fait, ce trésor ne serait qu'une petite goutte d'eau dans la masse des milliards annuellement drainés par le percepteur.

Sa décision fut prise : ils garderaient le magot pour eux si, toutefois, tous en étaient d'accord.

— Ouvre une seconde malle, ordonna-t-il à Savery.

Le garçon s'exécuta et bientôt le couvercle sautait dans un grand craquement.

Cinq visages se penchèrent, hagards.

Cette fois-ci, il s'agissait de vaisselle d'or : assiettes, plats, coupes et couverts scintillant de mille feux dans la pénombre de la cave.

— Refermez, dit Blanc, on rentre !

Il fit signe aux trois lascars qui, au-dessus du trou, lorgnaient à qui mieux mieux, de les hisser sur la terre ferme.

Une fois remontés, ils se regardèrent en silence, légèrement inquiets, tout de même. Ce qui leur arrivait était tout simplement extraordinaire. Mille images défilaient dans leur cervelle.

— Vous vous rendez compte, c'est le coup de l'Andréa Doria, du radeau de la Méduse, ou du "Pourquoi Pas", du commandant Charcot.

Chacun avait en mémoire la ténacité, récompensée, de ce petit ingénieur, passionné de trésors disparus et qui avait retrouvé ces navires, à jamais engloutis dans les mers, et les trésors qu'ils transportaient à bord.

Les huit garçons, instinctivement, s'assirent près de la bergerie, attendant nul ne savait quoi très exactement.

Blanc se décida à parler.

— Je ne vous fais pas de dessin, les enfants. Vous avez compris ce qui nous arrive ? Nous avons découvert un trésor qui vaut, probablement, des millions.

Il y a deux solutions : ou nous nous taisons et nous gardons le secret, il nous faudra, alors, régler un sacré problème, celui de la revente de tous ces objets, ou bien nous avertissons l'officier de semaine et la police, et dans ce cas, nous risquons de ne rien toucher ou du moins des clopinettes. A vous de choisir. Chacun méditait sur le dilemme.

Un lourd silence s'établit que seul venait troubler le doux murmure de la mer battant le pied des dunes.

Faytout regarda sa montre.

— Il est près de midi, il va falloir faire demi-tour et rejoindre le P.C. radio, sinon nous risquons de voir les autres venir nous chercher et découvrir le pot aux roses. C'était le bon sens même. Blanc réagit rapidement :

— Le mieux, pour le moment, est de reboucher le trou de la voûte. Il y a assez de vieux bois morts, rejetés sur la plage par le flux montant, pour en obstruer la cavité. Ceci fait, nous étalerons sur le clayonnage des morceaux du mur effondré. C'est bien le diable si, à cette saison, un quidam campeur vient établir, ici même, ses pénates. La France entière est au boulot ou à l'école. Je pense que nous n'avons à redouter aucun regard indiscret.

Les hommes se mirent au travail et, en dix minutes, toute trace de la cavité avait disparu.

Blanc s'aperçut avec effarement qu'il avait laissé branché le talkie-walkie, fixé sur son ceinturon. Il l'éteignit en vitesse car trois heures d'usure pour les piles étaient un maximum. Cela l'ennuya un peu car il serait obligé, au retour, de faire un rapport en dévoilant, ainsi, sa faute de service.

Mais bah, ... à quelques jours de la "quille", rien de bien fâcheux ne pouvait lui arriver. Une bonne engueulade de Grimaud, c'était tout.

— Reste cinq minutes, les gars, précisa Brulard. Faut prendre une décision ferme, sinon c'est cuit ...

Blanc regarda ses camarades, les uns après les autres, puis se décida à prendre la parole.

— Voilà ce que je vous propose, si cela vous convient. Samedi, en quinze, nous regagnons nos foyers. D'ici là, il faudra avoir réglé le problème de l'écoulement de la camelote. A mon avis, il n'y a qu'une solution : vendre, petit à petit, le trésor à des antiquaires et venir piocher, chaque semaine, dans le stock.

Dumez, Hortoul, Faytout, Monory, vous qui êtes originaires de la région parisienne, vous vous occuperez de trouver des débouchés là-bas. Quant aux autres, Brulard, Savery et Tonard qui êtes de Granville, vous aurez la charge d'écumer tous les brocanteurs et antiquaires de l'Ouest.

Personnellement, j'assurerai la coordination de toute l'opération et ferai le partage équitable des sommes recueillies à la vente. Est-ce que cela vous va ?

Les sept opinèrent du bonnet.

— Moi, je vous propose une dernière suggestion, lança Hortoul. Nous pourrions nous revoir, pour mettre au point tous les détails de l'opération, à la "Petite Auberge" de Bréville. Nous organiserions un petit repas d'adieu de tous les membres de la section à l'occasion de la "quille". Il y a une salle bien pépère. Nous y serons tranquilles, car c'est la patronne qui officie aux fourneaux. Nous lui proposerons d'aller chercher les plats à la cuisine, elle n'aura pas, de cette façon, à recruter d'extras pour nous servir. En bonne normande, elle y gagnera et ne devrait pas refuser. Je m'occupe de tout, OK ?

Tous furent d'accord avec la proposition d'Hortoul.

— Bon, alors, rendez-vous, après demain soir, à la "Petite Auberge". Dépêchez-vous de ramasser les silhouettes et de les ranger dans le camion. J'avertis le sergent-chef que tout est terminé.

Les hommes se levèrent en silence et exécutèrent l'ordre, les pensées perdues dans un rêve qui les dépassait un peu.

Blanc titilla le talkie-walkie.

— Pingouin appelle Manchot ... Pingouin appelle Manchot.

Un grésillement se produisit et la voix de Dussault se fit entendre.

— A vous Pingouin ...

— Rentrons au P.C., terminé.

— OK, bien reçu, cinq sur cinq.

Les sept appelés s'entassèrent dans le camion, face aux cibles, et Blanc prit le volant du G.M.C..

Le lourd véhicule américain patina légèrement sur le sable mais pour finir décolla dans un affreux bruit de ferraille.

Quelles sacrées machines que ces engins qui dataient de la Seconde Guerre mondiale ! Déjà 50 ans qu'ils roulaient sur toutes les routes du monde. L'armée n'avait pas encore réformé les derniers survivants en état de marche. Ils ne servaient plus guère qu'au transport des troupes entre les casernes et les champs de tir. Ils disparaissaient, petit à petit, du parc automobile de l'armée française. Granville en possédait quelques exemplaires mais, au fur et à mesure de leur défaillance, ils n'étaient plus remplacés.

Le G.M.C. rejoignit, en quelques minutes, la jeep de Dussault. Blanc, à peine descendu de son bahut, se fit copieusement "engueuler".

— Pas bavard, caporal-chef, ce matin ! J'avais demandé un rapport radio sur tous les incidents, même minimes, or vous êtes le seul à ne pas avoir pris contact avec le P.C..

— Ben ... il ne s'est rien passé, sergent, rien du tout !

— Même pas une arme enrayée ?

— Non, même pas !

— Bizarre, jeta Dussault laconiquement, vous étiez plus loquace les autres fois !

— Je ne peux pas inventer des incidents qui n'ont pas existé, lâcha Blanc que l'insistance du sergent-chef agaçait.

Les quatre G.M.C. attendaient sagement

rangés, à la queue leu leu, derrière la jeep de Dussault, prêts à regagner leur tanière sur le roc.

Un brouhaha joyeux régnait sur le petit groupe. Il y avait de la gastronomie dans l'air. En effet, c'était fête à la cafétéria des bidasses. Ce midi, en particulier, le menu avait été spécialement bichonné : vol au vent, civet de lièvre, tarte aux pommes, le tout arrosé de "Corbières".

Hortoul, qui était originaire de cette région viticole, se léchait les babines.

— A quoi penses-tu, lui lança Dumez ?

— Eh con ... tu le sais bien, répliqua l'homme du Sud dans un joyeux éclat de rire.

Tu vas te régaler avec le pinard de mon pays et, crois-moi sur parole, il ne contient pas de bromure.

La légende du bromure était bien enracinée dans la conversation de tous les soldats de l'armée française. De père en fils, l'on se transmettait l'information : l'intendance militaire faisait toujours ajouter du bromure au vin servi dans ses cantines. Ce sacré bromure avait une vertu première : il calmait ou éteignait les pulsions sexuelles de gaillards qui, à vingt ans, n'avaient tous qu'une idée en tête, trousser la première fille rencontrée.

— Blanc, s'époumona Dussault, décidément bien hargneux, faites taire vos hommes. C'est le bordel organisé chez vous, mon vieux !

Blanc écarquilla les yeux de surprise.

— Qu'est-ce qui lui prenait subitement au sergent-chef ? Il était plus cool d'habitude. Sa petite amie avait dû le quitter. Toute la caserne savait que la belle Patricia le menait par le bout du nez et menaçait de rompre à chaque contrariété.

Mais le caporal-chef se souvenait avoir rencontré, la veille au soir, le couple à la sortie du cinéma du Casino. Il devait y avoir autre chose. Peut-être, tout simplement, détestait-il le civet aux pruneaux.

Blanc se retourna vers la lucarne arrière de l'habitacle du chauffeur et demanda à ses hommes de se taire. Ce qu'ils firent immédiatement.

Dussault procédait à l'inspection des camions. Rien n'échappait à sa vigilante attention.

— Votre casque, Hallot, éructa-t-il à l'adresse d'un soldat du dernier G.M.C. qui avait omis de mettre son couvre-chef, comme le voulait le règlement.

Arrivé à hauteur du camion de Blanc, Dussault marqua un temps d'arrêt.

Qu'est-ce qu'il veut encore, grogna le garçon en lui-même ?

— Blanc, désignez-moi, l'un de vos hommes pour monter à mes côtés dans la jeep. Je dois passer chez le lieutenant chercher sa cantine. A deux, nous ne serons pas de trop.

— Monory, lança Blanc, descendez et accompagnez le sergent dans son véhicule. Il vous expliquera de quoi il retourne.

Le garçon sauta par-dessus la ridelle arrière et vint s'installer à la droite du volant. Dussault donna le signal du départ et le convoi s'ébranla en direction du carrefour du "Fro". De là, il fonça sur Bréhal, laissant derrière lui un opaque nuage de poussière.

* * *

* *

*

La traversée de Brehal se fit dans la bonne humeur, les 32 recrues mettant, avec un bel ensemble, leur point d'honneur à siffler toutes les filles qu'ils pouvaient apercevoir dans les rues de la petite bourgade.

— "Zyeute" la belle garce sur la place de l'église, lança Dumez pour qui toutes les filles étaient des garces.

Ils déshabillèrent, à l'unisson, la belle qui, gênée par le compliment, se hâtait de regagner sa chaumière en détournant pudiquement la tête. Les quolibets fusèrent.

— Rendez-vous, samedi soir, au Casino, brama Savery qui lui promit une soirée inoubliable.

La fille disparut au coin d'une rue, hautaine, méprisante, sûre d'elle.

— Toutes des salopes, décida Faytout, le grand rival malchanceux de Savery pour la bagatelle.

Déjà, Donville se dessinait à l'horizon. A droite, la mer d'un bleu gris scintillait sous la caresse du soleil. Au loin, vers le large, les îles Chausey étaient entourées d'une légère brume. Quelques chalutiers pêchaient sous Bréville. Leurs petites coques noires dansaient telles des elfes démoniaques et Monory pensa aux landes de son pays. Sa grand-mère avait bercé son enfance de merveilleuses légendes qui étaient restées enfouies au fond de son coeur.

— Que regardes-tu, interrogea Dussault ?

— Rien, répondit le jeune homme qui haïssait cordialement le sergent et qui, pour rien au monde, ne désirait entamer la conversation.

"Donville-les-Bains".

Le convoi ralentit pour traverser l'agglomération. La jeep freina à l'approche du 239 route de Coutances, qui était l'antre du lieutenant, et stoppa devant la propriété.

— Attends-moi là, jeta Dussault à Monory. Je vais, d'abord, aller voir si je trouve la cantine et je t'appellerai ensuite.

Le sergent ouvrit la grille blanche et s'éclipsa sous les frondaisons du jardin qui bordait la villa.

Les G.M.C. doublèrent la jeep rangée le long du trottoir.

— On te garde ton civet, hurla Dumez à l'attention de son copain Monory.

— Mais pas le "Corbières", cria Hortoul, en lui dédiant le plus beau des bras d'honneur.

Monory sourit. Il aimait bien ses amis mais il lui tardait de rentrer au pays berrichon, la terre de ses aïeux. Il n'y avait qu'à cet endroit qu'il se plaisait. De plus, il était chanceux. Un bon boulot l'attendait à la sortie de l'armée. Un garagiste de Cornusse avait accepté de l'embaucher comme chef d'atelier en tôlerie. Il n'avait qu'une hâte, trouver une païse, un logement et s'établir définitivement. Pour lui, le bonheur était quelque chose de simple. Il ne fallait pas chercher midi à quatorze heures.

Dussault n'en finissait pas de revenir.

— Que peut-il bien fabriquer, l'animal ?

Le lieutenant n'a tout de même pas caché sa cantine ...

Des pas crissaient sur le gravier de l'allée. Monory leva la tête. Le sergent se dirigeait vers la grille. Parvenu à la jeep, il fit signe au jeune soldat.

— Tiens, voilà de l'argent. Va me chercher un paquet de cigarettes, je n'en ai plus. Tu as un bureau de tabac sur la plage. Tu attrapes la première route, à droite, elle descend à la mer. Reviens-vite car la cantine est lourde à porter.

Monory se glissa derrière le volant et actionna le démarreur.

— OK, chef. Je fais l'aller et retour, simplement.

Un coup d'oeil dans le rétroviseur et la jeep s'engageait sur la chaussée. A 400 mètres, une pancarte indiquait : "La mer : 2 kilomètres".

Monory se faufila par la route indiquée et entreprit de monnayer les virages de la route en lacets qui menait à la digue.

Donville était bâtie sur une falaise qui surplombait l'océan. L'accès à la plage passait inévitablement par cette route qui dévalait la corniche avec une forte déclivité.

Monory, prudent, roulait à 30 Km/heure. Il croisa plusieurs couples qui revenaient de la plage. Quelques estivants attardés, visiblement, qui avaient préféré prendre leurs vacances en septembre, choix qui leur assurait tranquillité et certitude de disposer, pour eux seuls, de kilomètres de plages de sable fin.

C'est à mi-côte que l'incident se produisit. Le jeune soldat voulut "piler" sur place en faisant l'impossible pour éviter un chien qui traversait la route. Il s'arc-bouta sur la pédale de frein pour immobiliser son véhicule, cette dernière était molle. Il appuya une seconde fois mais elle resta bloquée en bout de course, tandis que la jeep prenait de la vitesse.

— Merde, jura Monory, les freins ont lâché !

Terrorisé, il fixa la route dont la pente ne faisait que s'accentuer. Le véhicule continuait à prendre de la vitesse. 80 ... 90 ... 100 ...Km/heure.

— Jamais, je ne m'en sortirai. Le frein à main ... oui ... bien sûr !

Monory tira de toutes ses forces sur le levier de blocage. La voiture ralentit sa course folle et l'indicateur de vitesse marqua 90 Km ... 80 , puis l'aiguille ne bougea plus d'un iota.

Il tira à nouveau, désespérément, sur la poignée. Rien à faire, elle était définitivement bloquée et ostensiblement le frein patinait sur la roue.

Plus question de ralentir l'énorme masse

d'acier. Le virage de la plage arrivait très vite. En un éclair, Monory entrevit l'accident inévitable.

Sauter ou pas sauter du véhicule fou ?

Il n'eut pas le temps de réfléchir plus avant. La courbe en épingle à cheveux était déjà là.

Il essaya de prendre le virage à la desperado, appuyant à nouveau sur la pédale du frein qui ne répondit toujours pas. La voiture se coucha sur le côté, défonça le parapet et roula vers les rochers.

Monory se sentit éjecté de la jeep, tournoya quelques instants dans le vide et s'écrasa sur le basalte.

Une immense lueur jaune inonda ses yeux révulsés par la peur. Il perdit connaissance, les membres disloqués.

Déjà, les propriétaires des villas voisines, tirés de leur repas par le fracas assourdissant de la tôle éclatant sur les pierres en contrebas, accouraient.

Trop tard ! Le jeune garçon, le crâne éclaté, gisait sur le sable qui, petit à petit, se teintât de rouge.

— Y vont comme des dingues, fit remarquer un petit vieux.

— Y z'ont ce qu'ils méritent, surenchérit un autre.

— Taisez-vous, cria une jeune femme interloquée par une telle méchanceté et qui pleurait, appuyée sur la rambarde. Vous ne savez même pas comment cela s'est passé !

Déjà l'ambulance arrivait. Le petit groupe s'écarta pour laisser descendre les brancardiers qui, avec délicatesse, posèrent le corps du soldat sur la civière.

CHAPITRE II

La fin tragique de Monory s'était répandue, à la caserne, comme une traînée de poudre. La Commission, mise en place par le colonel pour élucider le mystère de la mort du jeune conscrit, avait déjà révélé un certain nombre d'anomalies. Tout d'abord, il avait été prouvé que le véhicule roulait au pas, du moins dans le premier tiers du parcours. Nombreux avaient été les témoins qui affirmaient que le chauffeur de la jeep accidentée devait circuler à 30 km/h, guère plus. En outre, un détail avait intrigué les enquêteurs : la pédale de frein ne possédait plus de goupille de sécurité à son extrémité, ce qui était bizarre !

Le colonel avait personnellement ratissé, pendant des heures, les 800 mètres de voie qui séparaient le début de prise de vitesse du lieu de la catastrophe, sans retrouver cette pièce essentielle.

La route était pourtant goudronnée sur cette portion et, de plus, il ne se trouvait aucune bouche d'égout où la goupille aurait pu rouler. L'affaire avait été, malgré tout, classée après l'audition de Dussault qui avait affirmé qu'il n'avait rien senti d'anormal dans le système de freinage entre Lingreville et Donville. Effectivement, ce parcours était jalonné de nombreuses côtes et les freins avaient, à l'évidence, fonctionné normalement.

La consternation régnait dans la section de Blanc. Tous aimaient Monory. Le garçon avait les pieds sur terre. Parfaitement équilibré, il avait sorti, à plusieurs reprises, ses copains des mauvais pas où ils s'étaient fourvoyés durant leurs fredaines.

Ils avaient, bien vite, chassé de leur esprit l'aventure qui leur était arrivée sur les dunes de Lingreville. Seule la mort du gars Monory hantait leurs pensées.

Aussi furent-ils surpris de trouver, tous les six, un petit mot glissé sous leur serviette de table :

Rendez-vous, comme convenu, mercredi soir, 21 heures, à la Petite Auberge de Bréville

et c'était signé : Hortoul.

Le mercredi, à l'heure fixée, nos six lurons quittèrent la caserne et se postèrent au Casino, pratiquant le stop pour gagner Bréville.

Hortoul avait été rendre visite à la Mère Monrot, la tenancière de l'auberge, et lui avait expliqué que ses copains et lui-même voulaient fêter la "quille" prochaine par un petit repas.

— On payera ce que vous voudrez, avait glissé sournoisement Hortoul, grand expert en psychologie féminine. Nous ne venons pas pour faire la java mais pour nous "taper" un bon petit gueuleton. Et puis, avait-il ajouté, je sais qu'il y a des frais à embaucher un serveur pour sept couverts, aussi je vous propose de faire le service, comme cela vous vous y retrouverez.

La mère Monrot avait longuement hésité. Le mercredi était son jour de relâche. Mais la perspective de ne pas avoir d'extra à recruter était l'assurance de doubler le bénéfice. Cette simple remarque avait joué et elle avait finalement accepté.

— Vous ne casserez rien, avait-elle supplié. C'est la seule condition que je mets et je ne veux pas de filles !

Hortoul, la bouche en coeur et la main sur la poitrine, avait juré. Sa bonne gueule ayant fait le reste, il avait enlevé la décision finale.

Blanc, contacté comme prévu, avait entériné. Il avait, donc, été décidé de se retrouver, à 21 heures, à la petite auberge, après l'enterrement de Monory.

Dumez et Tonard avaient de la chance. Ils étaient tombés sur un automobiliste qui regagnait le camping de Bréville. Le conducteur, un homme d'âge mûr, aux tempes argentées, avait accepté de les charger en faisant un petit détour par le restaurant.

Les deux garçons furent les premiers à franchir le seuil de l'hôtel. En attendant leurs copains, ils s'attablèrent au bar et commandèrent une "Suze" en devisant gaiement.

La mère Monrot s'activait aux casseroles Entre deux tours de palettes, elle venait discuter avec ses clients.

— Je vous ai confectionné un de ces menus ! Vous m'en direz des nouvelles : langouste, sauté de veau au cidre normand et un clafoutis maison.

— Et pour le pinard, lança Savery qui venait

de pousser la porte et qui avait entendu la fin de la conversation ?

— Du Chablis avec le crustacé et du Sancerre rouge pour le sauté

— Hortoul ne va pas apprécier, ironisa Dumez. Pour lui, un repas sans "Corbières" : c'est une journée sans femme !

Les trois amis éclatèrent de rire

La porte fut, à nouveau, poussée et Brulard fit son entrée.

— Devinez les gars qui m'a trimbalé les fesses ? Cherchez, vous ne trouverez pas. Un ancien ...

Les trois autres le coupèrent aussitôt.

— Mitterrand ... Giscard d'Estaing !!!

— Vous n'y êtes pas du tout. Vous donnez votre langue au chat ?

— Ouais ... Allez ... Raconte !

— Eh bien, un ancien contremaître des biscottes Magdeleine ! Que pensez-vous de cela ?

— Banal et pas drôle, assura Savery qui restait sur sa faim.

La porte s'ouvrit, à cet instant précis, et Blanc, accompagné de Faytout, pointa son nez dans la salle illuminée.

— Plus que ce fainéant d'Hortoul, lâcha insidieusement l'ami Savery qui reprochait systématiquement à tous les français nés au Sud de la Loire d'être des paresseux et des coureurs de jupon invétérés.

— A table, annonça la mère Monrot qui indiqua à ses convives la porte de l'arrière salle qui leur était réservée.

— Hortoul nous rejoindra, soupira Blanc, allons-y.

Chacun choisit sa place et, bientôt, un joyeux murmure, attisé par un kir royal de derrière les fagots, se faisait entendre.

Vingt minutes plus tard, Hortoul n'était toujours pas arrivé. Décoller, en stop, du bas de la côte de Donville était un exploit et ce retard n'avait rien d'alarmant, surtout à une heure aussi tardive.

Blanc tapota son verre avec une petite cuillère et réclama le silence. Le chahut cessa immédiatement.

— Chers amis, un petit mot, simplement, pour vous rappeler que nous devons, ce soir, prendre un certain nombre de décisions.

Je voudrais, tout d'abord, vous faire une proposition en préambule. Ce serait quelque chose de chouette : mettre de côté, au fur à mesure que vous vendrez votre trésor, la part de Monory que nous ferions parvenir à sa mère qui habite Issoudun !

Une salve d'applaudissements ponctua la

proposition.

— J'irai donc la voir et je lui expliquerai, précisa Blanc. Pour l'instant, le problème est de mettre en route le système de vente des objets provenant de la bergerie. Je crois que le plus simple serait de contacter le maximum d'antiquaires et de leur faire miroiter l'occasion de leur vie.

Je ne pense pas que la perspective de doubler, ou de tripler, leur chiffre d'affaires les amène à un quelconque refus.

— Il y a un risque, hasarda Dumez. S'ils avertissent les flics, nous sommes bel et bien foutus !

— Oui, je sais. Je crois que notre seule chance est de dire carrément la vérité : nous avons trouvé, au cours d'un exercice de tir, une vieille malle, dans une grange en ruines, et celle-ci contenait de la vaisselle d'or. Elle paraîtra plausible, surtout que certains n'hésiteront pas à prendre l'attache de l'évêché de Coutances pour se renseigner et avoir la certitude que ces objets religieux n'ont pas été dérobés ces derniers temps.

Et puis les antiquaires ne sont pas idiots, ils verront bien qu'il s'agit de pièces datant de deux siècles. S'ils ont l'assurance que ces ciboires et vaisselles en tout genre n'ont pas été volés, je vous donne ma tête à couper qu'ils joueront le jeu et se contenteront de marchander le prix pour nous rouler un maximum.

— Finement vu, ricana Faytout qui avait un oncle antiquaire. Je connais cette race de vautours. Il n'y a que le fric qui compte pour eux.

Blanc regarda sa montre, légèrement inquiet.

Il y avait belle lurette que la langouste était ingurgitée et toujours pas d'Hortoul en vue.

23 heures sonnèrent au carillon normand de la salle à manger de l'auberge.

— Bizarre, remarqua Brulard, qu'il n'ait pu trouver une occasion. De toute façon, même à pied, il devrait être arrivé.

— Tu as raison, opina Savery, c'est le plus "démerde" d'entre nous.

— Il avait mal aux reins, hier soir, si j'ai bonne mémoire, révéla Dumez. Peut-être a-t-il senti une douleur et il est, tout simplement, en train de pioncer à la caserne.

— Je passerai un coup de fil, dans un quart d'heure, au sergent de garde. C'est l'un de mes "potes", expliqua le caporal-chef, je lui demanderai d'aller jeter un oeil dans la chambrée d'Hortoul. Nous saurons bien s'il est au pieu, oui ou non ! Pour le moment, continuons à travailler.

Les Parisiens, sitôt la "quille" en poche,

mettez vous en chasse pour "dégoter" des antiquaires intéressés.

Nous autres, les quatre Granvillais, nous ferons de même dans la région.

Pour éviter les allées et venues à Lingreville qui pourraient donner l'alerte aux fermes qui bordent les dunes, nous ne ferons qu'une ponction par mois et de nuit. Ce sera plus prudent. Vous êtcs d'accord ?

Les têtes acquiescèrent à la suggestion.

23h15. Les coups s'égrenèrent joyeusement. Blanc hésita, puis, en dernier ressort, se leva.

— Commencez le sauté sans moi. J'arrive, lança t il, en rejoignant le comptoir de la salle commune sur lequel trônait un magnifique téléphone à touches digitales.

La mère Monrot aperçut le jeune homme et s'extirpa de ses fourneaux.

— Toujours pas là, votre ami ?

Il a dû attraper une punition à la caserne, hasarda-t-elle.

— Non, impossible, nous sommes sortis tous ensemble.

— Bah, il aura renoncé au dernier moment. Croyez-moi, il y a des jours où, aussi drôle que cela vous paraisse, pas un automobiliste ne passe sur la nationale. Granville, c'est le bout de la terre. En dehors des cinémas, il n'y a rien à voir, le soir. Ici, au pays, l'on se couche avec les poules. A 9 heures, tout le monde est devant la télévision.

Tenez, en ce moment, il y a une bonne pièce de théâtre, une histoire de fesse. Il n'en faut pas plus pour clouer tous ces messieurs devant leur poste, ajouta-t-elle, avec un clin d'oeil coquin en direction de Blanc qui ne l'écoutait déjà plus.

— Je peux me servir du téléphone, je vous payerai la communication ?

— Oui, tout ce que vous voudrez.

Blanc pianota et composa le numéro de la caserne *50.09.18*

Un déclic coupa la tonalité.

— Poste de garde, j'écoute.

— Vous pouvez, SVP, me passer le sergent Ecoffet ?

— Un instant, je vous prie ... Il est sorti faire une ronde mais il va revenir d'un moment à l'autre.

— Bon, je patiente un peu, lâcha Blanc énervé par ce contretemps.

Il n'eut pas long à attendre, une voix se fit bientôt entendre, au bout du fil.

— Ici le sergent Ecoffet.

— Blanc, en ligne. Peux-tu me rendre un service ?

— Bien sûr. Qu'est-ce qui t'arrive ?

— Rien de bien grave. Nous devions fêter, en soirée, la quille au restaurant de Bréville et Hortoul l'un de mes "gusses" n'est pas arrivé. Te serait-il possible de vérifier qu'il n'est pas malade, soit à l'infirmerie, soit sur son paddock, au deuxième étage, dernière chambrée à droite ?

Blanc tendit l'oreille. Ce que lui révélait Ecoffet devait être très grave car il pâlit, ses mains tremblèrent et il raccrocha, les yeux fixés sur les bouteilles du bar qui se mirent à danser.

Il se reprit et, groggy, gagna la salle à manger.

Dès qu'il parut sur le seuil, les rires s'arrêtèrent. Devant la pâleur du caporal-chef, les garçons comprirent qu'il s'était passé quelque chose de grave.

— Alors ?

— HORTOUL EST MORT ! On l'a retrouvé, flottant, noyé dans le port de plaisance, il y a moins d'une heure. C'est un pêcheur, revenant de relever ses casiers à homard, qui l'a découvert. Il a averti les pompiers mais ces derniers n'ont pu le ranimer.

— Il a dû vouloir se baigner et a été saisi d'hydrocution, suggéra Tonard.

— Non, certainement pas, révéla Blanc, il était complètement habillé et portait même ses chaussures.

Tous se regardèrent interdits.

Blanc lut de l'affolement sur leurs visages. Pour lui, l'évidence sautait aux yeux. Il s'agissait, vraisemblablement, d'un meurtre et, de plus, aucun des jeunes militaires, rassemblés dans cette auberge pour fêter la "quille" ne pouvait être l'assassin. L'histoire de la goupille lui revint en mémoire. Et si Monory avait également été lâchement supprimé ?

Tout était possible.

Quelqu'un avait pu faire signe au véhicule de s'arrêter, la rue n'était guère passagère. Et Monory avait été probablement assommé au volant. Il n'y avait plus, alors, qu'à pousser la jeep, dont deux cents mètres la séparaient de la falaise, et la voiture folle avait versé, projetant le corps de Monory sur les rochers. Il n'y avait pas d'autre hypothèse plausible. La goupille avait très bien pu sauter sous l'effet du choc. On la retrouverait, un jour ou l'autre, dans une quelconque cavité ou fissure de la roche.

Blanc regarda ses amis. La mère Monrot apporta, elle-même, la tarte aux pommes. Surprise du silence qui régnait, elle s'informa.

— C'est une mauvaise nouvelle pour votre copain ? Bah ! Il s'en remettra. A 20 ans, tous les petits bobos guérissent. Mangez vite cette tarte, elle est onctueuse à souhait.

Ils terminèrent leur repas sans un mot. Seul le bruit des mâchoires, mastiquant le gâteau, troublait la sérénité de la pièce.

Blanc repoussa son assiette et refusa de toucher au dessert. Il demanda l'addition à la brave femme et régla, sans même prendre le soin de vérifier les comptes.

— Vous me rembourserez plus tard. On rentre, dit-il simplement, nous n'avons plus rien à faire ici !

— Que fait-on, questionna Savery, nous revenons en stop ?

Blanc sursauta. L'image d'Hortoul, dérivant dans le port de plaisance, s'imposa avec ténacité.

— Non, finit-il par murmurer, j'appelle un taxi, je crois que c'est mieux. A cette heure tardive, nous ne parviendrions pas à rentrer au bercail en stop

La mère Monrot qui avait entendu la conversation se proposa de commander la voiture.

— Je vais avertir le père Mauvel, il a un vieux break 504, il parviendra bien à caser tout le monde.

Quelques minutes plus tard, le taxi débouchait sur la petite route. Le père Mauvel stoppa devant la "Petite Auberge" et glissa un oeil inquiet sur le groupe. Il n'aimait pas beaucoup transporter des militaires en goguette. Cela se terminait toujours mal.

Une année, ils lui avaient cassé les six vitres de son taxi parce qu'il avait réclamé un pourboire, à la fin de la course. Il était donc devenu méfiant. Mais puisque la Germaine l'avait commandé, en personne, il pouvait avoir confiance.

Jamais la mère Monrot ne l'aurait fait venir en cas de doute.

Il freina et rangea la berline devant la porte de l'auberge.

— Combien êtes-vous, les gars ?

— Six !

— Désolé, mais je ne peux en prendre que cinq. Les gendarmes sont planqués au château d'eau de Donville et ils contrôlent tous les véhicules. Je ne tiens pas à perdre ma licence.

— C'est six ou rien, affirma Blanc à qui la moutarde commençait à monter au nez.

— Désolé, les petits gars ! Tant pis, je rentre à l'écurie.

La mère Monrot, qui avait assisté à la conversation, s'approcha du père Mauvel.

— Allez, Alphonse, fais pas ta mauvaise tête. Tu en prends cinq et tu reviens chercher le sixième. Je payerai ta deuxième course.

— Bon, comme cela, je marche, répondit le

rusé normand.

— J'attendrai ici, décida Tonard. Cela me permettra de fumer tranquillement ma pipe. Avec tous ces événements, je n'ai même pas eu le temps d'allumer une bouffarde.

Les cinq s'engouffrèrent dans la 504 qui démarra, sur le champ, vers Granville, abandonnant Tonard qui, méticuleusement, commença à bourrer sa pipe, un cadeau de la mère pour ses vingt ans.

L'air, à cette heure-là, était diablement frisquet. Un petit vent s'était levé et les feuilles des peupliers du marais tremblaient en émettant un long sifflement qui ravissait Tonard.

Il aimait bien la nature. Dans sa jeunesse, il avait souvent talonné son père qui, farouche chasseur, sortait, jour et nuit, traquer le gibier. Il emmenait volontiers le gamin, comme il se plaisait à dire. Mais ce n'étaient pas les cadavres de perdrix ou de lièvres qui intéressaient l'enfant qu'il était mais, tout simplement, la lune jouant à cache-cache avec les nuages, le gémissement de la hulotte ou le lourd volettement d'un oiseau, surpris dans son sommeil.

Tonard avait juré qu'en revenant du régiment, il s'établirait dans un petit village du bocage manchot. Il avait un C.A.P. de forgeron, diplôme assez rare en cette fin du XXe siècle. Il n'aurait donc pas de mal à trouver du travail. Les tracteurs étaient souvent en panne dans les fermes. Il irait, à domicile, exécuter les réparations et se rendrait, ainsi, bien vite indispensable.

Il en était là dans sa méditation lorsqu'il aperçut les phares du taxi qui trouaient les arbres bordant les bas-côtés du chemin reliant la "Petite Auberge" à la route principale.

Il se leva du talus et fit signe au véhicule qui approchait.

Tonard n'eut pas le temps d'esquisser la moindre parade. La voiture, en accélérant, le prit de plein fouet et l'éjecta vers le fossé.

En un éclair, il eut le temps de comprendre que ce n'était pas le taxi mais ...

Il perdit connaissance, étreignant désespérément sa pipe toute chaude.

* * *

* *

*

Le père Mauvel fredonnait la "Madelon", sa romance préférée. La course s'était bien passée et les cinq troufions avaient été sages comme des images.

La Germaine avait du flair. Chaque fois qu'elle faisait appel à lui, l'excursion se déroulait sans anicroche. Avec ces militaires, il fallait tout de même se méfier. Il quitta la grande route, sur la gauche, et amorça sa descente vers le restaurant. La nuit était trouée de petites lumières fluorescentes, les prunelles de vaches au pré, que ses phares balayaient au hasard des tour nants.

Il ouvrit la vitre et cracha un long jet qui s'écrasa sur le bas-côté. Un jet d'expert, aimait-il à conter, fignolé au cours des âges !! La Louise, sa femme, le traitait, alors, de grand saligaud. Il éclatait de rire heureux et fier. Il adorait taquiner son épouse.

"La Petite Auberge" dessina sa silhouette sur le ciel blafard. Les lumières étaient déjà éteintes. La mère Monrot devait sûrement être couchée et le galopin de la caserne assis, quelque part, sur la berne.

— Merde, lâcha-t-il, ... mais il s'est trouvé mal ...

Il freina à mort. Une masse était allongée à terre, les bras en croix, le buste sur la route, les jambes sur l'herbe.

La voiture au point mort, il bondit vers le corps et le retourna. C'était bien le garçon qu'il devait ramener à la caserne.

Il gisait, sans vie, la chemise tâchée de sang. Il arracha le coutil et découvrit une plaie béante à la hauteur de l'aine. Une autre entaille, à la tête, sanguinolait.

Peut-être vivait-il encore ?

Le père Mauvel colla son oreille sur le coeur de l'accidenté mais ne discerna aucune palpitation si faible fût-elle.

Il se releva brusquement et courut à la voiture. Extirpant de la boîte à gants une petite glace, il la colla sur la bouche du blessé.

Aucun voile ne brouilla le verre.

— Merde ... Merde ... Il est mort le poilu, répéta bêtement le père Mauvel.

Quel est l'enfant de salaud qui a pu faire cela ? Visiblement le soldat avait été happé par un véhicule, voiture ou camion, dont le chauffard s'était enfui lâchement.

Il décida de réveiller la mère Monrot. Cette dernière, au bruit des poings martelant les volets de l'entrée, se leva précipitamment et ouvrit la fenêtre.

— Qu'est-ce que c'est que ce raffut, lança-t-elle dans la nuit. Vous n'avez pas honte de réveiller les braves gens.

— Descends "la Germaine", dit simplement le père Mauvel, il y a eu un accident. L'un de tes clients s'est fait renverser par un salopard d'ivrogne.

Elle referma vivement les battants et se précipita. Alphonse Mauvel téléphona à la gendarmerie.

Cinq minutes plus tard, la maréchaussée arrivait. Aucun doute, révéla le chef d'escouade, le petit a été heurté de plein fouet et il y a un point qui m'intrigue : le chauffeur devait être "bourré" car les traces de roues ont empiété d'un bon mètre sur la berne, à la hauteur du corps. Il n'y a qu'une signification à ce détail : c'est que la voiture est allée cueillir sa victime à domicile.

Les trois gendarmes arpentèrent la petite route sur plusieurs kilomètres. Ils durent convenir que le véhicule meurtrier n'avait pas roulé sur les bas-côtés avant d'heurter le malheureux soldat.

— Etrange, dit le brigadier qui conduisait l'enquête.

— Chef ! héla l'un des gendarmes, les pneus sont des "Michelin".

— Autant chercher une aiguille dans une botte de foin. La moitié des voitures de la contrée sont équipées de cette marque.

— Ça c'est vrai, opina le troisième gendarme.

L'ambulance venait d'arriver. Elle chargea le

cadavre et disparut dans la nuit pour l'hôpital de Granville où le brigadier-chef avait commandé l'autopsie, comme il était de règle pour tous les accidents mortels survenant sur la voie publique.

* * *
* *
*

Le caporal-chef Blanc était inquiet. Trois morts dans sa section, en moins d'une semaine, cela ne pouvait être le fruit du hasard et pourtant, si meurtres il y avait, ils ne pouvaient avoir été commis par l'un des survivants, puisque tous avaient un alibi en béton.

Quelqu'un les aurait-il surpris dans la bergerie ? Là, aussi, impossible, car trois des soldats de la section étaient restés à la surface du trou pour hisser leurs camarades et pas une ombre n'était apparue dans les dunes.

— Alors, qui ?

Blanc voulait absolument croire au hasard ou à la fatalité. Après tout, il n'avait aucune preuve formelle d'un quelconque assassinat. Il décida donc de continuer l'opération vente du trésor. Et lorsque Brulard l'avait informé, le midi, à la cafétéria de la caserne, qu'il avait trouvé un antiquaire, à Avranches, qui acceptait d'acheter le lot de ciboires pour un bon prix, sa décision fut rapidement prise : ils continueraient l'opération mais en prenant le maximum de précautions.

Il décida notamment d'opérer en groupe. Un assassin, doué d'une certaine intelligence, n'attaquerait jamais une collectivité. Les trois victimes avaient été liquidées parce qu'elles étaient seules, donc proies faciles pour un cinglé.

Blanc avait mis au point l'opération. Elle aurait lieu, la nuit prochaine. La section entière irait récupérer la malle contenant les ciboires en jeep. Cela attirerait un peu moins l'attention.

Nombreux étaient les exercices de nuit du 1er R.I.MA. dans la région et, à l'exception de quelques garagistes locaux, peu de "péquins" possédaient une jeep. Par mesure de sécurité, ils seraient en uniforme, ce qui contribuerait à ne pas donner l'éveil aux riverains.

Le caporal-chef avait pris, rapidement, sa décision, lorsqu'il avait aperçu la liste des gradés de garde au poste, cette nuit-là. Y figurait le caporal Manuela, l'un de ses copains d'enfance. Il avait vite réglé, avec lui, le problème. Le garçon avait promis de fermer les yeux. Mais le "hic" était, avant tout, le chef de poste, le sergent Bralerme, qui passait pour une sacrée peau de vache. Celui-là, rares étaient ceux qui pouvaient se vanter de l'avoir coincé. Pour franchir le poste de garde en sa présence : pas question !

Il allait falloir ruser. Blanc comptait fermement sur Manuela car ils avaient monté ensemble un stratagème qui devait logiquement assurer le succès de l'escapade.

Faytout, par ailleurs, qui travaillait au garage, avait prêté ses talents en la matière. Le plein d'essence de la jeep avait été fait, au nez et à la barbe de l'adjudant, commandant le service "auto". Il n'y avait donc plus qu'à attendre l'heure "H". A minuit, nos cinq gaillards giclèrent, en choeur, de leur lit, revêtirent leur treillis et gagnèrent la cour d'honneur en silence.

Là-bas, sur la droite, une petite lumière scintillait : la fenêtre du poste de garde, à l'entrée du porche. Sur la pointe des pieds, les cinq ombres se fondèrent dans la nuit.

Arrivés à la porte du garage, Faytout se pencha et ramassa, sous un vieux baril, accoté au mur, la clef de l'entrepôt.

Il fit tourner le pêne puis les cinq garçons poussèrent, centimètre après centimètre, le lourd panneau qui glissa sur ses galets. Là, également, Faytout avait fait huiler les rails, le matin même, par l'un de ses bons amis.

— Pourvu que Bralerme ne fasse pas sa ronde, ricana Dumez, à voix basse, nous serions frais : bloqués au trou jusqu'à la quille.

— Aucune raison, gloussa Tonard, péremptoire !

— Chut, ordonna Blanc, voulez-vous que nous "queutions" ?

Les garçons se turent.

La jeep était là, bien rangée, attendant son petit monde.

— Les papiers, clama le gradé ?

— Dans le coffre à gants, chef, répliqua Faytout.

— Bon, allons-y !

Ils s'arc-boutèrent et firent sortir le véhicule en douceur. Ils refermèrent la porte. Une ronde du sergent était fort probable, il était inutile d'attirer bêtement son attention.

La jeep glissa silencieusement jusqu'aux premiers arbres qui la masquaient au poste de garde.

— Stop, commanda Blanc. A toi de jouer, Dumez !

L'interpellé ne se fit pas prier et s'éloigna dans l'obscurité.

Bralerme, au poste de garde, enfoncé dans un vieux fauteuil de cuir, était en train de terminer sa grille de mots croisés. Cruciverbiste de talent, il avait déjà gagné de nombreux concours dans les journaux de la région. Sur ce chapitre, sa renommée n'était plus à établir.

Pour l'heure, il butait sur une définition qui ne l'inspirait pas outre mesure :

"Carré à un moment de son existence".

Il avait beau sucer son crayon, rien n'y faisait et la ligne 5, verticale, était toujours désespérément vierge.

— Caporal, vous n'auriez pas une idée, cela me dépannerait.

Il lui soumit la définition embarrassante. Manuela réfléchit quelques instants et son visage s'illumina.

— Ben ... je crois que j'ai trouvé, chef !

— Annoncez toujours, répliqua le sergent sceptique, on verra bien.

— A mon humble avis, précisa Manuela, sans sourciller, je crois qu'il s'agit du mot "Agneau". Carré d'agneau, cela ne vous dit rien ?

Bralerme inscrivit le mot et vérifia.

— Exact ! Vous feriez un drôle de crack, si vous le vouliez !

Manuela se redressa, fier comme Artaban. C'est à ce moment précis que le téléphone sonna. Bralerme décrocha.

— Ici, le poste. Le sergent de garde à

l'appareil.

Une voix, vaguement connue, se fit entendre.

— Sergent, j'ai un malade au bâtiment B, chambre 15. Que dois-je faire ?

— Ne bougez pas, j'arrive.

Il raccrocha, ordonna à Manuela d'ouvrir l'oeil en son absence, et sortit rapidement.

Blanc attendit quelques secondes.

— En route, les petits ...

La jeep dévala la cour en roue libre. Arrivé devant la barrière d'accès, Blanc alla tapoter le carreau du poste de garde. Manuela parut et ouvrit sans un mot.

— Bon, tu as bien compris : retour à 4 heures 30. Trouve un moyen d'éloigner, une seconde fois, le sergent, c'est tout ce que l'on te demande.

— Ne vous en faites pas. Je connais mon homme, tout marchera comme sur des roulettes. Mais, ajouta-t-il, vaguement inquiet, ne faites pas les zigotos. Pas de pépin avec la jeep, hein !

Je ne tiens pas à finir en cabane le reste de mon temps.

— Tu me connais Pierrot, il n'y aura aucune entourloupe, je te le certifie. Il s'agit d'une simple petite ballade sur la plage ... entre copains.

Manuela, peu rassuré, abaissa la barrière. La jeep se laissa glisser au pied du roc et, huit cents mètres plus bas, Faytout, qui pilotait, enclencha la seconde. Le moteur toussa, pétarada et finit par tourner normalement. La jeep bondit et le moteur attrapa son régime de croisière.

Donville-Bréhal-Lingreville, le parcours fut effectué sans anicroche et après une heure de trajet, la voiture roulait en cahotant sur le sable des dunes. La mer était haute et venait lécher les oyats en un grondement sourd qui étouffait le bruit du moteur.

— Une chance, remarqua Brulard, car il y a une ferme à un kilomètre, de l'autre côté du "Ruet". Lorsque le vent porte, vous avez l'impression que la jeep pénètre dans la cour.

Les ruines de la bergerie surgirent devant eux. Faytout coupa le moteur et les cinq garçons sautèrent à terre.

La petite troupe se dirigea vers les ruines. Faytout récupéra la pelle de campagne accrochée aux flancs de la jeep puis commença à déblayer la cavité obstruée. Les rondins furent enlevés, un à un et rangés, avec soin, le long du mur. Blanc alluma sa lampe et balaya l'intérieur du trou. Les malles étaient bien là, comme ils les avaient trouvées. Il sortit de la poche de son battle-dress une longue corde de nylon.

— Ceux qui sont descendus la dernière fois resteront là-haut pour assurer le retour et la surveillance des alentours ... et vice-versa.

Blanc accrocha la corde autour de sa taille.

— En route !

Les uns après les autres, ils se laissèrent descendre dans la cavité.

Le caporal-chef fit, à nouveau, fonctionner sa lampe torche et la braqua sur la première malle déjà ouverte. Pour plus de sûreté, il en ouvrit le couvercle. Les ciboires se trouvaient toujours là, une trentaine, probablement, qui, sous la caresse de la lumière, brillaient de mille feux.

Blanc souleva, avec une certaine émotion, l'un des objets sacrés. Quel travail magnifique ! Le ciboire qu'il tenait dans ses mains avait été finement ciselé et représentait une scène de la passion du Christ. Ce chef d'oeuvre devait valoir une fortune. Il se demanda combien l'antiquaire d'Avranches allait leur en offrir. Il n'avait aucune idée des prix.

A un moment, le faisceau de sa lampe se fixa sur une inscription gravée sur le cuir du coffre. Blanc, intrigué, se pencha. Il frotta le vert-de-gris qui recouvrait le cuir attaqué par l'humidité et réussit à décrypter le message. C'était un coeur entouré d'une couronne d'épines et, sous le symbole, était écrit :

"Pour le Roy ...."

Le reste était indéchiffrable, mangé par le temps. Il n'y avait pas de doute possible, ce trésor datait de la Royauté. Il devait avoir 200 ou 300 ans, au moins.

Que faisait-il ici, enfoui dans une bergerie de ce petit coin isolé de Normandie ? Quelle avait été son histoire ?

Blanc rêva quelques instants puis se reprit en entendant la voix de Faytout.

— Chef, le temps passe. L'horizon blanchit. N'oubliez pas que l'on a minuté notre retour pour 4 h 30.

— Oui, tu as raison. Aide-moi à enrouler la corde autour du coffre.

L'opération fut exécutée en un tour de main.

— Oh hisse les gars !

Trois paires de bras se tendirent et, centimètre par centimètre, la lourde malle prit le chemin de l'orifice. Peu de temps après, elle était installée sur le plancher arrière de la jeep.

La cavité fut rapidement rebouchée. Il fallait vraiment être expert pour découvrir que sous le sable existait une cave datant de Mathusalem.

La malle fut déposée, comme convenu, dans le cellier de Brulard, qui était granvillais et dont les parents tenaient un restaurant sur le port.

C'était, d'ailleurs, la voiture de son père, parti, quelques jours plus tôt, en croisière aux Antilles, qui allait servir au transport du coffre chez l'antiquaire d'Avranches.

Le retour à la caserne s'opéra sans problème. A 4 h 30 précises, les cinq mousquetaires, plaqués contre le mur d'enceinte avaient pu apercevoir le sergent Bralerme sortant précipitamment du poste de garde et se hâter en direction du bâtiment principal. Les garçons éclatèrent de rire et se dirigèrent, au pas de course, vers la barrière qui s'ouvrit aussitôt.

Aucun doute, la ruse avait réussi ! Manuela avait inventé une histoire de malaise, comme convenu avec Blanc, et le brave sergent était, à l'instant même, en train de courir réveiller le médecin-major qui habitait au dernier étage de l'immeuble. En effet, Blanc s'était souvenu que ce dernier n'avait pas le téléphone. Ce qui avait été prévu se déroulait comme imaginé.

Le brave toubib n'allait pas tarder à se rendre au chevet de son étrange patient. Valait mieux ne pas moisir dans le coin !

Blanc se sentit un peu rassuré. Tout s'était bien passé. La solution arrêtée, travailler tous ensemble, s'avérait être payante. Si un danger quelconque les menaçait, ils ne risquaient rien en restant groupés. Il avait donc décidé, en final, qu'ils se rendraient tous à Avranches. La voiture du père de Brulard, une vieille Renault 20, pouvait, fort bien, convoyer tout le petit groupe.

Pour le contingent libéré, la "quille" était prévue dimanche. La discipline se relâchait à la caserne et le colonel, bon prince, laissait sortir ses ouailles sans tracasserie inutile.

A dix heures, nos joyeux lurons franchissaient le portail de la caserne en direction du restaurant Brulard. A 10 h 30, ils longeaient la gare et, à 11 heures, pénétraient dans la boutique de l'antiquaire d'Avranches.

Félix Portat, qui officiait dans le magasin depuis la mort de son père, avait une très belle clientèle, des riches parisiens, généralement, en vacances dans la région. Il achetait énormément dans les "vendues" des notaires du coin. Les chaumières normandes recelaient encore des véritables affaires et, très souvent, c'était après un décès que les meubles atterrissaient dans sa boutique. Aussi avait-il été surpris, l'avant-veille, lorsqu'un adolescent de 20 ans, à l'aspect timide et réservé, s'était présenté pour lui proposer "l'affaire du siècle", suivant son expression.

Le jeunot avait décliné son identité en précisant qu'il était le fils du restaurateur du port de Granville. Portat, bien entendu, avait vérifié les dires du garçon qui s'étaient révélés parfaitement exacts.

Il avait donc fixé rendez-vous aux jeunes gens, à 11 heures. Il saurait, alors, s'il s'agissait de bluff ou non.

A 11 heures tapantes, cinq gaillards poussaient l'huis de la boutique, portant une vieille malle en état de décomposition avancée.

— Voilà, dit simplement Brulard au maître de céans.

Blanc prit la parole.

— Vous êtes au courant de notre découverte, Monsieur Portat ?

— Oui, votre camarade m'a conté l'affaire mais je dois vous avouer que je suis un peu sceptique, tout de même.

— Pouvez-vous assurer l'écoulement de ces objets, nous partagerons les bénéfices, fifty-fifty ?

Portat hésitait. Cette histoire d'invention de trésor ne lui disait rien qui vaille. Pourtant, les jeunes gens avaient joué le jeu correctement.

— Je risque gros ... lâcha-t-il hésitant ... car la bergerie, même en ruines, appartient à quelqu'un et la moitié de votre trésor a donc un propriétaire.

— Ça nous le savons, répondit Blanc, mais cette part revient à l'Etat puisque la bergerie est construite sur sa propriété.

— Raison de plus, renchérit Portat, c'est encore plus grave. L'Etat ne me fera pas de cadeau.

— Bon, c'est à prendre ou à laisser, articula Dumez que la conversation commençait à échauffer.

— Vous voulez jeter un oeil sur la marchandise, proposa le caporal-chef à l'antiquaire, vous vous déciderez après ?

— Soit, concéda le commerçant. Mettez la malle dans l'arrière-boutique, ce sera plus prudent.

Les militaires disparurent derrière un rideau de velours vert, suivis de Portat qui, par mesure de sécurité, avait fermé l'échoppe.

Blanc souleva le couvercle.

Un long sifflement admiratif troua le silence.

— Mazette, bégaya l'antiquaire, ... quelles merveilles. C'est donc bien vrai !

Il s'empara d'un ciboire et le tourna dans tous les sens. Soudain, son regard se porta sur une date gravée sous le pied du vase.

"Anno 1720", lut-il incrédule !

Ce qu'avaient raconté ses clients se tenait. Ils avaient bel et bien découvert un véritable trésor. C'était une occasion inespérée de réaliser "l'affaire du siècle", comme lui avait annoncé le jeune Brulard. Avec un peu de patience, il arriverait bien à trouver de riches acquéreurs, intéressés par ces objets sans prix.

A la limite, il lui serait loisible de les vendre au poids de l'or. De plus, certains des ciboires étaient incrustés de diamants qu'il ferait expertiser ultérieurement. Il se décida à franchir le pas. C'était un véritable coup de poker qu'il jouait : la fortune assurée jusqu'à la fin de ses jours ou, à l'inverse, la catastrophe ... et la prison !

— C'est bien, finit-il par laisser tomber, je suis preneur au poids de l'or et à 50 % de sa valeur boursière.

Blanc fit un rapide calcul, consultant des yeux ses compagnons qui acquiescèrent les uns après les autres.

— D'accord !

Les deux hommes se serrèrent la main et conclurent définitivement le marché.

... Et il en aura d'autres, lança Blanc en refermant la porte !!!

CHAPITRE III

Il faisait un temps splendide. La pointe du Roc, coloriée de ses ajoncs aux fleurs jaunes, composait avec le ciel bleu un merveilleux bouquet.

Faytout, qui bayait aux corneilles, essayait mollement de dévisser un écrou récalcitrant sur un vieux car Saviem, au garage de la Compagnie.

L'adjudant-chef n'était pas trop regardant. Faytout s'était révélé un soldat exemplaire pendant son temps de service.

Le micro grésilla à l'autre bout du bâtiment.

— Soldat Faytout, passez au bureau immédiatement, nasilla la voix.

Faytout n'eut guère de mal à reconnaître le

timbre de son supérieur hiérarchique.

Il posa machinalement la cef à molette à terre et dirigea lentement ses pas vers le bureau. L'adjudant-chef l'attendait. Il le salua réglementairement.

— A vos ordres, mon adjudant !

— Faytout, le lieutenant Grimaud me demande une estafette pour aller à l'hôpital chercher le rapport du médecin légiste concernant le décès d'Hortoul.

Faytout se raidit. Ses yeux s'embuèrent de larmes.

— C'était votre copain, questionna le juteux qui n'était pas dupe du trouble de son mécano ?

— Oui, articula avec peine Faytout, c'était la crème des types.

— Bah ! C'est toujours les meilleurs qui partent, se crut-il obligé d'ajouter en guise de réconfort.

Faytout demanda des précisions concernant la mission.

— Tu prends la jeep et tu te rends au service du Professeur Paul Legrand. Il t'attend et te remettra le pli, comme convenu avec le lieutenant.

Faytout se lova derrière le volant et démarra la voiture. Il refit le trajet identique à celui effectué la nuit précédente et franchit l'accès de la caserne.

L'hôpital n'était pas très éloigné : environ deux kilomètres. Un planton de surveillance lui fit signe d'arrêter.

— C'est vous qui venez voir le Professeur Legrand ?

Faytout fit signe que oui.

— Rentrez avec votre jeep et garez-vous là-bas sous les tilleuls. Le docteur vous attend - Bâtiment A, 3ème étage, à droite.

Le jeune militaire s'exécuta et grimpa, quatre à quatre, les marches du perron.

Le médecin l'attendait effectivement. Une infirmière le fit entrer dans son bureau. Faytout se présenta.

— Ah, vous êtes l'estafette ! Parfait. Vous remettrez ce pli à votre lieutenant. C'est assez urgent, glissa-t-il, après une longue hésitation. Il s'agit du double du rapport que je viens d'expédier au Procureur de la République.

Faytout, surpris, le regarda intensément mais déjà le médecin se levait, lui signifiant son congé. Le soldat salua, prit l'enveloppe et tourna les talons.

L'enveloppe était lourde. Faytout l'examina précautionneusement. Un détail lui sauta aux yeux. Le rabat était mal collé. La gomme était, vraisemblablement, de mauvaise qualité. La tentation le saisit d'ouvrir le velin. En manoeuvrant en douceur, il pouvait prendre connaissance du contenu. Qui le saurait ? Personne. Il recollerait correctement le rabat et ni vu ni connu.

Il devait s'isoler, loin des regards, un point c'est tout ! A Coudeville, il prit le chemin de la plage : l'immense étendue de sable était déserte.

Pas un baigneur à l'horizon ! Seul un tracteur faisait sa navette habituelle au milieu des moulières, le mareyeur ayant probablement une livraison urgente à effectuer sur Paris.

Mal à l'aise, il s'aplatit dans les dunes et, lentement, millimètre par millimètre, décolla l'enveloppe.

Il respira. L'opération s'était déroulée comme souhaitée. Il sortit le dossier et lut avidement. Ce qu'il découvrait le laissait sans voix.

Le médecin légiste révélait, tout bonnement, à la justice qu'Hortoul avait été assassiné.

Il n'y avait pas d'eau de mer dans les poumons ni dans les bronches, ce qui était totalement anormal pour un pseudo noyé. Par contre, il avait trouvé des ecchymoses à la base du crâne et une fracture au tympan ce qui prouvait que le soldat avait été assommé et jeté, par la suite, à la mer.

Le rapport précisait, en outre, que l'objet

contondant, ayant frappé la boîte crânienne, était certainement la crosse d'un revolver.

Les mains de Faytout tremblaient. Les événements de la semaine lui revinrent en mémoire.

Alors Monory, sa mort n'était donc pas fortuite ?

Faytout eut peur malgré lui. Quelqu'un de la bande des sept avait donc décidé de les éliminer, les uns après les autres, pour profiter seul du magot. Il n'y avait pas d'autre explication.

Qui était le coupable ? Pas facile d'envisager un nom ! Les survivants de la section étaient tous ensemble au retour de la "Petite Auberge". Cela signifiait que l'un d'entre eux avait vendu la mèche et avait chargé un complice de procéder à l'élimination physique de tout le groupe.

Mais ils ne s'étaient pas quittés depuis le fameux lundi où ils avaient découvert le trésor. Aucun n'était sorti seul, à l'exception de Brulard qui avait donné rendez-vous à l'antiquaire.

— Brulard, pourquoi pas ?

Malgré tout, Faytout ne pouvait se résoudre à accoler le mot "assassin" au fils du restaurateur.

C'était une véritable pâte, toujours prêt à rendre service. Il n'aurait pas fait de mal à une mouche. Mais, au fond, cela ne voulait rien dire. Le jeune militaire avait lu, un jour, qu'Hitler était le plus adorable des pères de famille pour les deux enfants qu'il avait eus avec Eva Braun. Et pourtant ! Les millions de juifs gazés témoignaient que l'homme pouvait être ambivalent.

Une force irrésistible poussait Faytout à faire quelque chose. Une idée germa dans son esprit. Oui, bien sûr ! Weber, l'as des as de la D.N.E.D.* , son copain, lui donnerait peut-être un coup de main !

Le jeune homme était également douanier dans le civil. Affecté à la Direction Régionale des Douanes de Paris-Ouest, il travaillait avec l'inspecteur Weber qui, maintenant, à 50 ans, menait une petite vie bien pépère comme chef de cabinet du Directeur. L'as des as, comme il était surnommé par ses chefs, après avoir démêlé les imbroglios les plus coriaces, arrêté les contrebandiers et fraudeurs par centaines, coulait des jours paisibles à l'ombre de la forêt domaniale de Saint-Germain-en-Laye ...

Faytout, affecté au Service Contentieux, venait souvent demander conseil et avis, ce que Weber ne refusait jamais de faire.

---

* Division Nationale des Enquêtes Douanières , service spécialisé dans la lutte contre la fraude.

Et c'est tout naturellement vers lui que ses pensées se portèrent.

Sa décision fut rapidement prise. Il le contacterait, au plus vite, en lui lançant un véritable S.O.S. Il referma soigneusement l'enveloppe, attendit, quelques instants, au soleil, qu'elle séchât et rejoignit la jeep.

Arrivé à la caserne, il se présenta au lieutenant Grimaud.

— Voici le pli, mon lieutenant !

— Vous pouvez disposer.

Faytout salua, claqua les talons et disparut, rapidement happé par les interminables couloirs de la vieille bâtisse.

Il se rendit au bar des hommes de troupes et récupéra le reste de la nichée qui liquidait consciencieusement canette sur canette de bière.

— Rendez-vous au "Plat-Gousset", dans une heure. OK ?

Les autres le regardèrent ahuris.

Qu'est-ce qu'il lui prenait au petit Faytout, lui d'habitude si taciturne ?

Ils n'eurent même pas le temps de lui demander des éclaircissements, il s'était esquivé en un clin d'oeil ...

Trois quarts d'heure plus tard, toute la section était réunie, au grand complet, au pied de la digue. La marée était basse et pas une âme qui vive à l'horizon.

Seule la sirène de la vedette assurant la liaison Granville-Iles Chausey ébranlait l'air de sa plainte lancinante.

— De quoi s'agit-il, interrogea Blanc qui ne tenait plus en place ?

Faytout narra sa mission et révéla à la bande les conclusions du médecin légiste.

— Hortoul a été assassiné, ce qui veut dire que les deux autres l'ont été. Il n'est pas normal que trois accidents, théoriquement dus au hasard, frappent la même section de "biffins".

— Je suis de ton avis, conclut le chef de section. Il n'y a qu'une explication plausible : il y a un traître parmi vous que vous le vouliez ou non.

Tous étaient atterrés. Aucun ne protesta de son innocence. Cela n'aurait servi à rien.

— Tu as une idée, implora Brulard ?

— Oui, répondit Faytout en hésitant. Il n'y a qu'un suspect potentiel. Un seul d'entre vous est sorti de la caserne et c'est précisément toi, Brulard !

— Moi, mais tu es fou, tu es cinglé !

Les autres le regardèrent interdits.

— Du calme, aboya Blanc, ne nous disputons pas, cela ne ferait qu'envenimer les choses. Réfléchissez ! Il y a d'autres solutions. Je suis d'accord avec Faytout sur un point : il faut impérativement un complice mais ce dernier a vraisemblablement été contacté par lettre, voire par téléphone. N'oubliez pas qu'il y a un taxiphone à la cafétéria. Au milieu des vociférations et du boucan fait par cent bidasses en folie, il est facile de discuter de n'importe quel sujet au téléphone. Impossible, par contre, de saisir la moindre bribe, même en tendant l'oreille.

— C'est juste, reconnut Savery !

Faytout s'excusa auprès de Brulard qui lui sourit car il était peu rancunier.

— Ceci dit, enchaîna Blanc, la police ne va pas tarder à être prévenue. Si les flics ont un doute pour les deux premiers décès, ils n'en n'auront plus pour le troisième. Cela signifie, tout bêtement, que nous allons être interrogés. Bien entendu, motus et bouche cousue sur l'affaire de la bergerie. C'est probablement l'inspecteur Dumoncel qui sera chargé de l'enquête. Croyez-moi, c'est un coriace qui n'accomplit pas le travail à moitié. Je l'ai vu opérer, lors du vol de la caisse de la cafétéria, il s'y connaît pour faire parler les récalcitrants. D'ailleurs, il avait réussi, si vous vous en souvenez, à épingler le coupable.

— Nous ne révélerons aucun détail, jurèrent les quatre garçons. Tu peux nous faire confiance.

— Dites, les gars ! Je connais l'antiquaire de la rue des Juifs, Joseph Lechaftois, c'est un vieux copain d'école à mon père. Voulez-vous que je le contacte ?

— Bien sûr ...

— Oui, enchaîna Brulard gêné, mais cela suppose que j'aille le voir ...

Tous se regardèrent embarrassés.

Ce fut Dumez qui eut le mot de la fin.

— Tu peux y aller. De toute façon le mal est fait.

Brulard s'éclipsa et ses copains rentrèrent au bercail, non sans avoir acheté une glace sur la place du Casino.

* * *

* *

*

Faytout, arrivé au Roc, prit la résolution de ressortir immédiatement. Un malaise s'était emparé du jeune douanier. Il sentait, autour de lui, une menace impalpable. Il lui tardait de prendre l'attache de Weber, le fin limier de sa corporation. Il avait l'intuition que c'était là que résidait le salut.

Il sifflota, heureux de se sentir soulagé, et prit le chemin de la poste. Il en poussa la porte tambour et demanda à la jeune et jolie guichetière le

461.8321

Il s'assit sur la banquette et attendit le bon vouloir de la préposée. Pour passer le temps, il s'amusa à compter les carreaux du sol. Il en était à 79, lorsque la jeune femme cria : le 461.8321, cabine 8, SVP !

Faytout s'y précipita, soulagé.

Il prit, néanmoins, le soin de vérifier qu'aucun gêneur ou importun ne se trouvait dans les parages et referma, soigneusement, la porte derrière lui.

— Inspecteur Weber, demanda Faytout au standardiste de la Douane.

— Oui, ne quittez pas, S.V.P.

Il eut bientôt son ami en ligne.

— C'est Faytout !

Au bout du fil, l'inspecteur parut surpris.

— Qu'est-ce qui se passe, lança-t-il joyeux, tu rempiles ?

— Non, ce n'est pas cela, mais j'ai un sale pépin et je souhaiterais que tu viennes à Granville me démêler une drôle d'embrouille.

— Drogue, contrebande, s'enquit Weber ?

— Pas exactement. Je ne peux te donner davantage de détails au téléphone mais sache qu'il y a déjà trois meurtres de perpétrés dans cette affaire et que je suis, à mon humble avis, sur la liste des futures victimes.

— Eh, petit ! Tu m'intrigues. Tu ne me ferais pas marcher un tantinet, par hasard ?

— Non, je t'en supplie, viens !

La voix angoissée de Faytout n'échappa pas à Weber qui comprit, sur le champ, qu'il se passait quelque chose de grave.

— Ecoute, je suis d'accord et, à la limite, tu tombes bien car j'avais décidé de prendre quelques jours de congé avec ma nouvelle fiancée, Yvette. Tu ne la connais pas mais, tu verras, elle te plaira. C'est une beauté et elle cuisine à ravir, ce qui, à l'époque du surgelé, est une qualité primordiale à mes yeux.

Au bout du fil, Faytout sourit, malgré lui. La renommée de Weber, question femmes, n'était plus à établir. Il avait toujours quelque nouvelle fiancée à vous présenter et il vous jurait invariablement qu'il était décidé à l'épouser. Inéluctablement, au bout de vingt jours, c'était un rite, il rompait avec perte et fracas.

Et lorsqu'on lui demandait la raison de ce cycle, tout penaud, il expliquait "vous comprenez, je suis payé le 25 de chaque mois, je ne veux pas engloutir tous mes revenus dans mes fredaines" ...

— Tu as un train à Montparnasse, à 8h11. Il arrive ...

— Eh diable, ne perds pas ta salive. J'arriverai en voiture, ce sera plus commode. Rendez-vous à midi, place de la Gare. Tu es d'accord ? Je règle un dernier petit problème. Il me faut un ordre de mission de la D.N.E.D., en bonne et due forme. Je suis resté en bons termes avec mon ancien patron, je pense qu'il ne peut me refuser ce service. Pour le reste, sois tranquille, je me débrouillerai. Essaye de te conserver en vie jusqu'à demain, c'est tout ce que je te demande.

Faytout promit d'être prudent. Il raccrocha et alla payer sa communication au guichet, d'un pas un peu plus assuré.

* * *

Le lendemain, Faytout, à midi pile, se trouvait devant la gare. Il était furieux. A douze heures trente, toujours pas de Weber, à une heure, pas davantage.

Il s'apprêtait à abandonner la partie, lorsqu'un coup de klaxon impératif le tira de sa rêverie. La frimousse de Weber se pencha à la portière d'un cabriolet Lancia.

— Alors, petit frère, sain et sauf ? Qu'est-ce que c'est que cette histoire loufoque ?

Faytout salua son ami et se pencha, intrigué, vers le siège jouxtant celui du chauffeur.

— Et Yvette ... ?

— Dis donc ! Tu ne perds pas le nord pour un moribond. Rassure-toi, elle est à l'hôtel de la plage pour retenir le gîte et le couvert. Je te signale, toutefois, ma délicatesse à ton égard : j'ai demandé à Yvette de venir avec sa voiture. Mon cabriolet ne contient que deux places, comme tu le vois. Il m'aurait été difficile de trimbaler tes fesses en prime. J'ai préféré qu'Yvette ne te prenne pas sur ses genoux. Je me suis laissé dire qu'un garnement qui quitte l'armée est souvent devenu sournois et libidineux à souhait.

Vieillissant, je dois reconnaître que j'ai du mal, désormais à concurrencer les jeunots. Alors, je prends mes précautions, ajouta-t-il dans un immense éclat de rire.

— Chef, tu as encore le souffle, à ce que je vois !

— Bien, monte, je t'invite au restaurant. Yvette a déjà retenu les trois couverts. Là-bas, tu me raconteras ta petite histoire. J'ai bien l'impression que tu dramatises, un peu. Enfin, nous verrons bien.

Le repas se passa dans la bonne humeur. Yvette était charmante. Elle couvait Weber des yeux. Visiblement, le grand amour pour l'inspecteur qui, lui, ne semblait pas s'apercevoir de la passion de la jeune fille.

Le menu était succulent. Rien à voir avec ce qu'il avait ingurgité, ces derniers temps, à la caserne.

- *Praires farcies*
- *Sole meunière*
- *Vacherin*

le tout arrosé d'une "Veuve Clicquot" de la meilleure cuvée.

Au dessert, Weber porta l'estocade.

— Alors, petit, tu me la racontes ton histoire ?

Faytout était torturé. Il avait juré à ses copains de ne rien révéler et il ne voulait, à aucun prix, les trahir.

Il ne raconterait que le strict minimum à Weber. Mais il connaissait, suffisamment, la renommée du célèbre douanier pour espérer que ce dernier découvrirait tout seul le pot aux roses.

— Eh bien, voilà ce qui se passe, lâcha enfin Faytout. Trois de mes copains, militaires, eux aussi, ont probablement été assassinés. Pour le troisième, c'est sûr. Il conta à Weber son indélicatesse et le décachetage du pli en lui faisant jurer de n'en rien dire à personne.

Weber le lui promit.

Le jeune douanier narra à l'inspecteur la mort mystérieuse de Monory et celle, non moins troublante, de Tonard, fauché, à la sortie du restaurant, par un automobiliste inconnu et qui n'avait même pas daigné s'arrêter.

— Y a-t-il un lien quelconque d'amitié, de parenté entre les trois victimes, voulut savoir Yvette ?

— Non, absolument pas, rétorqua Faytout. Le seul lien existant : les trois morts accomplissaient leur service militaire à Granville et ils allaient avoir la "quille", dimanche, tout comme moi.

— Et c'est pour cela que tu as peur, persifla Weber !

— Oui, j'aurai la quille dans deux jours. Là réside mon lien avec les victimes. Nous sommes 32 quillards et rien ne prouve que le sadique du clair de lune ne va pas encore frapper, au hasard, et ce pourrait être mon tour.

— Peut-être un paranoïaque haïssant l'armée. Cela s'est déjà rencontré, plaisanta Yvette.

— Tu ne peux, vraiment, me fournir plus de

détails, s'entêta Weber ?

— Non, je suis désolé. Je sais que c'est mince pour débuter une piste. Peut-être la police locale en sait-elle un peu plus. Vois de ce côté.

— J'y compte bien, Pitchounet ! Il est l'heure de rejoindre tes pénates. Tu sais où me joindre, maintenant, si tu découvres un élément suspect. Je vais commencer l'enquête. Ne te fais aucun souci. Je veille sur toi. Il ne t'arrivera rien, je te le jure !

Faytout se leva un peu plus rassuré mais, à vrai dire, embarrassé de ne pas avoir avoué toute la vérité à son ami.

Non, décidément non, il ne pouvait faillir à sa promesse !

Rentré à la caserne, une bonne nouvelle l'attendait. Blanc l'informa que l'antiquaire de la rue des Juifs avait accepté de revendre le contenu de la seconde malle : plats, assiettes, couverts en or.

Une deuxième expédition fut programmée pour le soir même mais, par mesure de précaution, et, afin d'éviter tout incident de parcours, il fut convenu que l'on se servirait de la voiture de Brulard. Ruser avec le sergent de service, une nouvelle fois, risquait d'être dangereux car les sous-officiers de l'armée française n'étaient pas tous des imbéciles, loin de là ! Il y en aurait bien un sur le tas qui, intrigué, découvrirait l'étrange expédition.

L'antiquaire avait donné rendez-vous à Brulard, et à ses amis, à 10 heures, le lendemain matin. Mais il y avait un point noir, à l'horizon. Dumez avait envoyé promener, le midi même, l'officier qui s'occupait de l'intendance lui reprochant son camembert qui aurait dû, selon lui, marcher tout seul et qui faisait du sur place. La conversation, courtoise, au départ, avait vite dégénéré et de bien vilains mots avaient fusé de part et d'autre.

Dumez avait lâché l'injure finale, en affirmant que si jamais il devait rempiler ce serait dans l'Armée du Salut !!!

Il n'en avait pas fallu davantage pour que l'intendant s'étrangle de rage et punisse Dumez de deux jours de salle de consigne. Interdiction, donc, de sortir le soir, ce qui n'arrangeait pas ses affaires.

— T'en fais pas, lui avait murmuré Blanc, à la fin du repas, nous nous débrouillerons bien à quatre. Rendez-vous, demain matin, devant le poste de garde. Je préfère, je vous l'ai déjà indiqué, que nous nous rendions, ensemble, à notre rendez-vous.

Dumez s'était levé et, pâle comme un mort, avait regagné sa chambrée.

— Quel idiot ! Il n'était même pas capable de se maîtriser !

Pourtant son père lui faisait assez la leçon, à la maison. Dumez était potier et travaillait aux côtés de son géniteur. Ce dernier fabriquait, au tour, des ustensiles ménagers et son garçon peignait les motifs décoratifs. Le père de Dumez lui montrait souvent les petites bavures laissées par le pinceau.

— Il faut apprendre à maîtriser ton énergie, lui répétait-il, c'est essentiel pour ton métier.

Le jeune apprenti le savait. Il avait choisi un travail qu'il aimait de tout son être et il ne le regrettait pas. Il gagnait bien sa vie car les touristes s'arrêtaient fréquemment à l'atelier. Il ne chômait guère et l'approche de la quille le réjouissait. Et dire qu'il avait fallu qu'il gâche ses derniers jours par un mouvement d'humeur !!

Weber ouvrit la fenêtre de sa chambre et huma, à gorge pleine, l'air salin venant du large.

Il découvrait une vue magnifique sur toute la côte nord. Au loin, le rocher de "Mien", face à la baie de Régnéville, dressait son éperon, émoussé par les ans, au-dessus d'une mer qui se contentait, en l'absence de toute brise, de venir lui lécher les flancs.

Point sombre, à quelques milles, la tour du Ranquier, havre des pêcheurs de bouquets, dressait sa silhouette. Plus loin, vague linéament sur l'horizon : Jersey et ses côtes.

Weber était heureux de se retrouver à Granville. Il avait eu le coup de foudre pour cette charmante petite station balnéaire, lors de sa première enquête dans la région * et y passer, à nouveau, huit jours de congé, n'était pas pour lui déplaire, surtout en charmante compagnie !!!

Il se retourna et contempla la jeune fille qui dormait, paisiblement, à ses côtés. Il éprouva une sensation étange. Pour la première fois de sa vie, une femme l'avait intéressé. Il devait reconnaître qu'Yvette était un être exceptionnel et que la seule coucherie ne l'intéressait qu'à moitié. La jeune fille avait beaucoup de qualités.

Lorsqu'il lui avait proposé de venir passer huit jours de vacances, à Granville, elle avait sauté de joie.

— Ouf, avait-elle laissé échapper, enfin autre chose qu'un cinq à sept.

Mais Weber, méfiant de nature, avait été très ferme : pas question qu'elle lui mette le grappin dessus et que tout cela se termine par un mariage. Il était trop attaché à sa liberté pour se lier à tout jamais !

---

* Voir "Qui a tué le douanier du Mont-Saint-Michel ?", Editions O.C.E.P.

— Le mariage, cela ne se fait plus, avait-il balancé à Yvette.

La jeune fille avait souri d'un air entendu.

— Tu crois cela, chéri ? Eh bien, sache que, malgré tes dires, les statistiques prouvent le contraire. Les garçons et les filles vivent ensemble quelques années, cela est vrai, mais au bout d'un certain temps régularisent la situation devant le maire et même le curé !! Il ne faut pas vivre en égoïste. Les gosses n'ont pas à trinquer pour la turpitude des parents !

Weber réfléchissait. Un détail l'avait troublé. La veille au soir, alors qu'ils bavardaient au lit, Yvette avait coupé la conversation en affirmant, tout de go "*ce petit Faytout ne ment pas, je suis certaine qu'il y a bel et bien un assassin mais ton ami ne t'a pas tout avoué*".

— Que veux-tu dire, avait rétorqué Weber, alarmé ?

— Simple intuition, remarque !

La jeune fille avait parlé d'autres choses, laissant Weber perplexe et intrigué, malgré tout.

— Bébé, il est temps de te réveiller, roucoula-t-il. La jeune fille regarda sa montre et se leva d'un bond.

— Et moi qui voulais faire des emplettes, ce matin. J'ai oublié mon maillot de bain et il me faut en acheter un.

— OK, soupira Weber qui détestait le shopping.

En un tour de main, les deux jeunes gens furent prêts. Leur déjeuner avalé, ils s'éclipsèrent en ville. Ils flânèrent rue Couraye et firent un tour de marché. Un marché coloré où les fermiers, venant vendre leurs oeufs et leur volaille, cotoyaient des africains proposant leur bimbeloterie, ceinturons de cuir cloûté, masques indigènes et autres sculptures locales.

Yvette s'arrêta devant une marchande de galettes de sarrasin.

— Douze galettes, madame, s'il vous plaît !

Weber ouvrit de grands yeux.

— Mais tu vas grossir, ma poucette. De liane tu vas virer au baobab !

Yvette sourit, malicieusement.

— En quoi cela te gêne-t-il puisque tu me largues, le 20 du mois prochain ?

Weber, abasourdi, contempla sa compagne ...

— Mince, alors ! Elle était au courant. Qui avait bien pu, à la Direction des Douanes, le trahir aussi vilainement ?

Il eut beau réfléchir, le mystère resta complet. Dépité, il haussa les épaules et feignit de s'intéresser à une paire de chevreaux qu'une vieille fermière voulait vendre à un parisien qui discutaillait ferme sur le prix.

— Règle les galettes, implora Yvette.

Weber ne se fit pas prier. Avec une autre, il aurait rouspété mais avec Yvette il se conduisait en véritable toutou. A ne plus rien y comprendre ! Et il n'avait même pas envie de l'envoyer promener. Décidément, il vieillissait.

Yvette mastiquait consciencieusement sa galette. Weber suivait, les crêpes enveloppées dans un papier, sous le bras.

— Je rapporterais volontiers, à Maman, une vieille bassine en cuivre, pour décorer son living. Il paraît que les chaudrons normands sont les plus beaux du monde, qu'en penses-tu ?

— Villedieu, la capitale du cuivre, est à 23 kilomètres. On peut y faire un saut, cet après-midi, si tu le désires.

— Remarque, chéri, je préférerais une vieille antiquité, c'est moins clinquant et plus chaud sur un mur.

— Il n'y a que les antiquaires qui te fourniront ce que tu recherches.

— Oui ... tu as raison ...

Yvette héla le garde-champêtre qui faisait payer le droit de place aux forains installés sur la place du marché et lui demanda l'adresse d'un brocanteur.

— Je crois que pour les cuivres, il n'y a que

le père Lechaftois, rue des Juifs et c'est le plus honnête, question prix ... remarquez, ajouta-t-il, ne lui avouez pas que vous êtes parigots .. on ne sait jamais !

Yvette le remercia en riant et le couple prit le chemin indiqué.

La rue des Juifs était une ruelle moyenâgeuse qui, à flanc de roc, grimpait vers les remparts de la haute ville. L'antiquaire devait réaliser de bonnes affaires car nombreux étaient les touristes de passage qui venaient découvrir la baie de Granville du haut du rocher.

Dix heures sonnaient au clocher de l'église Saint-Nicolas, lorsqu'Yvette poussa Weber du coude.

— Regarde devant la boutique de l'antiquaire ! Je n'ai pas la berlue !

Weber, médusé, aperçut son ami Faytout et trois autres garçons extirpant une vieille malle d'un Break 504 et s'engouffrant dans la boutique.

— Que signifie ce cirque, lâcha le douanier, ébahi ?

Il réagit instantanément et entraîna Yvette à l'intérieur du Café du Commerce qui se trouvait légèrement en retrait. Ils commandèrent une bouteille de cidre bouché et, à l'abri des rideaux, commencèrent leur guet.

Weber était perplexe. Déjà une demi-heure que le petit groupe avait disparu dans l'antre de l'antiquaire.

— Je t'avais prévenu, Michel chéri, ton copain ne t'a pas tout révélé. Pour un douanier aussi réputé que tu l'es, tu n'as qu'un flair de pacotille.

— Ça suffit, hurla Weber furieux et vexé ...

— Tiens, les voilà, coupa Yvette.

Les quatre soldats quittaient, en effet, la boutique du brocanteur ... mais sans la malle.

Leur voiture partit sur les chapeaux de roue et disparut dans la haute ville.

— Si je m'attendais à celle-là ! Le mieux est d'aller faire un tour chez le père Lechaftois. Nous avons au moins une raison valable d'y fureter, puisque tu dois acheter une bassine à confiture normande, suggéra Weber.

L'inspecteur des Douanes poussa la porte. Une odeur de renfermé et de cire lui chatouilla agréablement les narines. Un vieil homme, portant une veste de loup de mer et une casquette de marin, parut, venant de l'arrière boutique. Il repoussa, soigneusement, le rideau qui séparait les deux pièces mais Weber eut le temps d'apercevoir la malle dont le couvercle était ouvert. Il lui sembla que celle-ci contenait des plats en cuivre mais il ne l'aurait pas juré.

— Madame, que puis-je pour vous, s'inquiéta l'antiquaire ?

— J'aurais aimé un chaudron à confiture, si vous en avez ...

— Oui, bien sûr.

Le vieil homme fouina dans un recoin et présenta plusieurs modèles de bassines à sa cliente.

L'un de ceux-ci lui plaisait particulièrement. Ni trop petit, ni trop grand. Il possédait une vieille patine agréable à l'oeil. Yvette l'imaginait, fort bien, au dessus de la cheminée de sa mère ...

— Combien, demanda-t-elle ?

L'antiquaire lui annonça un prix, somme toute correct.

— Je vous le prends, signala Yvette au commerçant.

Weber, pendant ce temps, tournait, comme un fauve, dans la boutique.

— Il vous fallait autre chose, monsieur, proposa le père Lechaftois ?

— Oui, martela Weber en flanquant sous le nez de l'antiquaire estomaqué sa commission d'emploi, rayée du drapeau tricolore.

— Vous êtes de la police, balbutia le malheureux ... J'aurais dû m'en douter ... mais, remarquez, l'affaire était loin d'être conclue, gémit-il, affolé à l'idée de ce qui lui arrivait.

— Qu'y a-t-il dans la malle, questionna durement Weber ?

— De la vaisselle en or ...

— De la vaisselle en or, répéta Yvette qui, de surprise, en lâcha son chaudron qui roula sur le plancher entraînant dans sa chute un vase de porcelaine posé à ses pieds et qui vola en miettes.

— Vous étiez chargé de vendre ces objets ?

— Oui et non ...

— Et cela ne vous a pas étonné que des gamins viennent vous proposer une telle marchandise ?

Tout allait très vite dans la cervelle de l'antiquaire. Il prit la résolution d'en dire le moins possible. Après tout, il ne risquait pas grand chose puisque l'on ne trouverait aucne trace de paiement ou de facture.

— J'avais simplement promis d'expertiser. Pour la vente, je n'avais pas pris de décision. Je voulais, avant de conclure un accord, connaître l'origine de cette vaisselle. Il vaut mieux être prudent, de nos jours, minauda-t-il en reprenant ses esprits.

— Vous connaissiez ces clients ?

L'attaque était trop directe pour l'esquiver par un biais ou un autre. C'est la mort dans l'âme qu'il dut livrer un nom.

— Oui, le grand, c'est le fils au Victor Brulard, le patron du restaurant le "Filet bleu", sur le port. Un brave petit gars ... bien sérieux, ajouta-t-il pour couvrir ses arrières, incapable d'une vilaine action. Il a fait sa communion avec mon petit-fils, c'est pour vous dire ...

Weber interrompit ses jérémiades.

— Je peux examiner le contenu de la malle ?

Le vieux hésita un court instant.

— Elle est là dans la pièce à côté.

Weber et Yvette se coulèrent dans l'arrière-boutique. La jeune femme, en experte, sortit la vaisselle et l'examina.

— C'est bien de l'or, précisa-t-elle. Il y a un poinçon. Tout cela doit valoir une fortune. Les gosses ont dû trouver cette malle dans un vieux grenier et quelqu'un les a surpris. Il n'y a pas d'autre hypothèse.

— Elle ne doit pas dater d'hier, interrompit Weber en montrant à Yvette une inscription mangée par l'humidité.

La jeune femme se pencha et lut "*Anno 1720*".

Weber décida de contre-attaquer.

— Et les trois autres, vous ne les connaîtriez pas, par hasard ?

— Non, je vous le jure ... à la vérité, je pense

qu'il s'agit de soldats de la caserne car ils avaient les cheveux courts. En général, les jeunes, maintenant, ont plutôt les cheveux longs, à la "Beatnik".

Ce détail n'avait pas échappé à Yvette qui acquiesça à la remarque du vieil homme.

— Parfait ! Vous gardez le silence absolu sur cette affaire. J'enverrai un agent du commissariat, dans la semaine, pour consigner tout cela par écrit. Weber salua et sortit sans plus attendre, Yvette sur les talons.

— Pas un instant à perdre, chérie. Passons au commissariat. Il est préférable d'agir correctement avant que tout cela ne tourne au vinaigre.

En vieux renard qu'il était, Weber savait, désormais, que Faytout ne s'était pas affolé pour rien et qu'un grave danger le menaçait.

Le commissariat se trouvait sur le port. Ils y furent en quelques minutes.

— Le commissaire, je vous prie, demanda Weber au planton.

— Impossible, monsieur, il est en vacances. Parti camper en Grèce.

— Bon, alors, l'inspecteur de service.

— Au fond, à droite, dans le couloir.

Weber cogna allègrement sur l'huis.

— Entrez, cria une voix joyeuse.

Weber et Yvette pénétrèrent dans le sanctuaire de la police.

— Inspecteur Dumoncel.

— Weber, inspecteur à la D.N.E.D. Voici mademoiselle Dumontier, ma fiancée.

— Ah oui, je me souviens. C'est vous qui aviez mis hors de combat Li Pao et sa bande *.

Weber, amusé, opina du chef.

— En enquête, voulut savoir Dumoncel ?

— Oui, amorça Weber en présentant son ordre de mission de complaisance, signé de son ancien chef.

— Si je puis vous aider, je le ferai avec plaisir.

Weber alla droit au but.

— Combien de morts suspectes avez-vous eues, ces temps-ci ?

Dumoncel hésita puis finit par répondre.

— Une, certaine, et deux, probables.

— Il s'agit bien de trois militaires ?

— Ah, vous savez déjà !

— Je suis à Granville pour enquêter sur ces meurtres.

Weber conta au policier l'appel de son jeune collègue Faytout mais se garda bien de lui narrer l'affaire de la malle entreposée chez l'anti-

---

* Voir "Espions chinois à Granville", Editions O.C.E.P.

quaire de la rue des Juifs.

Yvette lui avait fait judicieusement remarquer, en quittant la boutique, que le garçon avait très bien pu se fourrer dans un sale guêpier et commettre quelques imprudences. Il était nécessaire d'essayer de le couvrir, du moins au début, tant que l'on n'y voyait pas très clair.

Weber avait donné son accord. La solidarité, entre douaniers, n'était pas un vain mot.

— Pour les deux premiers morts, y a-t-il véritablement doute ?

— Oui, malheureusement. J'ai reçu les deux rapports d'expertise du Parquet. La conclusion est la même, dans les deux cas : probabilité d'assassinat... Pour le premier, il a été retrouvé trace de fibres de bois fichées dans la bague sensée contenir la goupille de sécurité de la pédale de frein de la jeep. Cela signifie, tout simplement, qu'un quidam a enlevé cette goupille et l'a remplacée par un morceau de bois qui, tôt ou tard, devait inévitablement sauter. Mais au garage de la Compagnie, à la caserne, l'adjudant responsable est formel : personne d'autre que lui ne procédait au réglage du système de freinage du parc automobile. Et je le crois, volontiers, c'est un type honnête que je connais depuis plus de vingt ans. C'est le premier incident du genre. Après tout, la goupille a pu sauter et la fibre de bois s'y trouver déjà. Cette découverte ne prouve finalement pas grand chose.

— Mais les experts, remarqua Weber ...

— Ils sont formels. Aucun morceau de bois n'a pu se loger occasionnellement dans cette petite cavité. C'est bien ce qui m'oblige à reconnaître qu'il y a peut-être eu sabotage de la jeep.

Mais qui pouvait en vouloir à un garçon comme Monory, un type anodin et qui jamais ne s'était fait remarquer d'une façon ou d'une autre ? J'ai pris l'attache de l'officier de sécurité. La Prévôté n'a pas, une seule fois, coincé le jeune appelé dans une bagarre sur le port, durant son temps de service.

— Et pour le second, questionna Yvette.

— Là, le problème est légèrement différent. Le soldat Tonard a été heurté, de plein fouet, par un véhicule que nous n'avons pas encore retrouvé. Un seul indice : des pneus Michelin. Autant dire, rien du tout. La voiture est allée le faucher sur la berne, à un mètre environ de la chaussée.

J'ai parcouru, moi-même, toutes les routes environnantes et j'ai retrouvé la trace des pneus de la voiture. Elle venait de la route du golf. A cet endroit, le vent, qui soufflait depuis quelques jours, avait saupoudré le chemin de tonnes de sable. Je n'ai donc eu aucun mal à détecter son passage.

Le conducteur, contrairement à ce qu'a relaté la presse locale, n'était pas un ivrogne. A preuve : le chemin venant du golf est tellement étroit que deux véhicules ne peuvent s'y doubler et les roues n'ont pas mordu sur les bas-côtés. Le chauffeur était donc bien à jeun. Aller chercher un homme, qui se tient debout sur le talus, à un mètre du bord de la route, suppose une volonté délibérée. De plus, et c'est une constatation qui m'a mis la puce à l'oreille, il n'existait aucune trace de freinage sur le lieu de l'accident, bien au contraire, d'après les experts, le conducteur a accéléré à la vue de sa victime. Voilà, vous savez tout.

Weber remercia l'inspecteur de police.

— Mais, au fait, en quoi la Douane peut-elle être mêlée à cette affaire de droit commun ?

Weber esquiva la question embarrassante. Y répondre signifiait révéler toutes les informations déjà accumulées. Dumoncel comprendrait vite qu'absolument rien ne justifiait la présence du douanier dans cette enquête.

— Nous avons eu un renseignement très précis, révéla Weber impassible, ces assassinats pourraient être liés à une sombre histoire de contrebande avec Jersey. Un gros ponte local, mêlé à celle-ci, aurait décidé de liquider tous les témoins.

— Vous croyez réellement à ce tuyau ? C'est un peu gros ! Vous savez, ici, en dehors de quelques bouteilles de whisky et de gréements anglais pour la navigation de plaisance, il n'y a guère de trafic avec les îles anglo-normandes. J'ai assez d'indicateurs sur le port pour être à peu près persuadé que vous faites fausse route.

Il s'agit vraisemblablement d'une dénonciation anonyme, simple histoire de fesse, comme d'habitude !

— Je suis là pour en décider, commenta, sèchement, Weber qui se leva pour prendre congé.

Yvette, qui, instinctivement, sentait que son amoureux avait gaffé, prit la parole.

— Inspecteur, nous aurions plaisir mon fiancé - et elle insista sur le terme - et moi-même à vous recevoir à dîner, un soir, à l'hôtel ...

Dumoncel hésita légèrement mais c'était si gentiment demandé qu'il ne pouvait refuser.

— C'est d'accord. Je suis très sensible à votre gentillesse. J'accourrai à votre premier appel ...

Weber avait déjà gagné la porte lorsqu'il se retourna.

— Vous connaissez l'officier de sécurité de

la caserne ?

— Oui, bien sûr. Nous jouons, ensemble, chaque semaine, au golf, à Bréville.

— Vous serait-il possible de lui annoncer notre visite, cela faciliterait le contact ?

— Aucun problème. Je lui passe un coup de fil, immédiatement. Il sera ravi de vous rencontrer car, si mes souvenirs sont exacts, je crois que son père était brigadier-chef des douanes à la frontière suisse. Il m'a souvent raconté les exploits de son gabelou de père.

Yvette et Weber prirent congé de l'inspecteur de police et, quelques instants plus tard, se retrouvaient sur le trottoir.

Une surprise les attendait à l'hôtel. Faytout, était là affolé, livide, dans un fauteuil. A la vue de ses amis, il se leva d'un bond.

— Dumez s'est tué, lâcha-t-il, au bord de la dépression.

— Dumez, répéta Yvette qui ne comprenait pas ?

— Oui, un copain de ma section. Il s'est tué, cette nuit, en faisant le mur.

— Ne restons pas là, il y a trop de passage. Suis-nous dans notre chambre.

Ils prirent l'ascenseur. Quelques secondes plus tard, Faytout leur racontait ce qu'il avait appris, le matin même, à la cafétéria.

Un ramasseur de coques, intrigué par les reflets rougeâtres de la mer, s'était approché. Il avait découvert le jeune homme, écartelé, sur les rochers situés au pied du mur de la bâtisse militaire qui surplombait la mer.

— C'est souvent, révéla Faytout, que nous empruntions cette voie. Nous n'avons jamais eu de problème et Dumez était chevronné en la matière. Il avait assis sa renommée sur ses escapades nocturnes. Souvent, il faisait le mur pour aller au cinéma de minuit, au "Rex".

Il avait acheté une grosse corde marine, sur le port, à laquelle il avait fixé un gros crochet d'aluminium et c'est le plus simplement du monde qu'il se laissait glisser le long de la muraille.

La corde avait été retrouvée au pied des rochers, près du cadavre. Le crochet avait sans doute glissé, il n'y avait pas d'autre explication possible.

Faytout se leva et regarda fixement Weber.

— J'ai peur, Michel ! Cette mort, la quatrième en une semaine, n'est pas normale. Aide-nous, je t'en supplie ...

Sans attendre la réponse, le jeune douanier détala.

— Tu as entendu, chéri, il a dit "Aide-nous"

— Oui, laissa tomber Weber, songeur, je

crois qu'il a raison. C'est une sale affaire. Il est temps que je prenne les choses en main, sinon le bilan risque d'être encore plus lourd.

CHAPITRE IV

Weber commanda un calvados au maître d'hôtel. Le repas se terminait et il lui tardait de se plonger dans la mêlée. Il avait convenu avec Yvette de rendre visite à l'officier de sécurité de la caserne. Chaque unité en était dotée. Le rôle de celui-ci consistait à veiller sur le bon fonctionnement de cette petite société fermée qu'était le 1er R.I.MA. Il y avait toujours quelques vols, bagarres, essais de politisation de la troupe et l'officier de sécurité était, donc, chargé de veiller au grain et de mettre la main sur tout auteur de délit, voire de crime.

A 15 heures, le couple se présenta au poste de garde. Un grand escogriffe blond s'enquit de ce qu'ils désiraient.

— Nous voudrions rencontrer l'officier de sécurité ...

— Un instant, je vous prie.

Le soldat s'empara du téléphone et annonça la visite au lieutenant Tabord, chargé de la sécurité.

— C'est OK, suivez le côté droit de la place d'armes, c'est la dernière porte au fond.

Weber et sa compagne s'avancèrent dans la cour et cognèrent à la porte indiquée.

— Entrez, cria une voix encore jeune et chaleureuse.

Weber s'avança, présentant son ordre de mission.

— Asseyez-vous ! Dumoncel m'a prévenu. Je vous attendais.

Le lieutenant, la quarantaine, était un beau diable au teint hâlé, à l'allure sportive.

— Que puis-je pour vous ?

Weber toussa légèrement pour se mettre à l'aise et y alla de son boniment.

— Je subodore, et ma Direction Générale également, appuya-t-il, lourdement, que les quatre crimes ont un rapport étroit qui devrait déboucher sur une sombre affaire de contrebande avec Jersey.

— Tout est possible, remarqua le lieutenant Tabord mais je vois mal mes pingouins mêlés à une histoire de fraude. Vous savez, il n'y a pas beaucoup de soldats ici et je connais tous mes gars, un par un. Aucun, actuellement, n'a l'envergure nécessaire pour s'être lancé dans une telle aventure. Sans compter qu'il y a toujours dans cette sorte d'affaire des mouchards jaloux et jamais, ô grand jamais, je n'ai été averti d'une pareille tentative.

— Alors, cela vous semble naturel quatre assassinats dans une petite caserne comme celle de Granville, lança Yvette ?

— Mademoiselle, votre remarque est inexacte. Il y a bien deux morts suspectes, une troisième qui l'est moins, mais en aucune façon, vous ne pouvez imputer le décès du petit Dumez à un crime. Il a fait le mur, comme il le faisait souvent. Voilà pour les faits matériels. Il a mal arrimé son crochet qui a dû glisser. Un point c'est tout.

— Décidément, le hasard s'acharne sur vos protégés. Il n'y a jamais eu autant de décès dans Granville que depuis une semaine. Curieux, vous en conviendrez, glissa Weber, ironique.

Tabord l'admit. Il était suffisamment intelligent pour se rendre compte que Weber pouvait l'aider dans sa tâche, car lui, aussi, avait été chargé par l'autorité militaire d'effectuer une discrète enquête, parallèlement à celle des autorités civiles.

Le général commandant la région militaire de Rennes, dont dépendait Granville, avait expédié, le matin même, un câble lui enjoignant de se mettre en piste. Tabord connaissait suffisamment le général Guyot pour savoir qu'il avait tout intérêt à bien mener sa barque et à parvenir à un résultat positif, s'il ne voulait pas être muté en Lozère ou dans les Ardennes.

Aussi, lorsque Weber lui proposa ses services, il ne refusa point.

— Il existe, quelque part dans l'ombre, un dangereux assassin. Vous n'en doutez pas, je l'espère, insista Yvette ?

— Oui, mademoiselle, j'en suis intimement convaincu. Probablement un maniaque, un fou, genre assassin du clair de lune. Sinon pour quelle raison s'en prendrait-il à d'obscurs bidasses n'ayant aucun lien entr'eux.

— Vous dîtes "n'ayant aucun lien entr'eux" ?

Tabord regarda Weber intensément.

— Je le maintiens. Les quatre hommes, assassinés ou non, n'ont aucun lien qui les unit. Ils ne font pas partie de la même section. L'assassin a dû frapper au hasard, pas d'autre hypothèse.

— Etrange ! Il doit forcément y avoir un

rapport quelconque, impossible autrement !

Tabord ouvrit un dossier qui traînait sur sa table et lut :

- 1ère classe Monory - Employé aux cuisines

- 2è classe Tonard - Employé à la cordonnerie

- 2è classe Dumez - Employé à l'infirmerie

- 2è classe Hortoul - Employé au garage

— Les quatre garçons ne se trouvaient donc jamais en contact ?

— A priori, non. Les sections de la Compagnie sont composées de huit hommes n'ayant aucune tâche précise à exécuter, si ce n'est celle de l'entraînement au maniement des armes. De plus, ces hommes sont regroupés dans des chambrées particulières. Ce sont eux qui auraient la possibilité de détenir un secret en commun.

Or les soldats à qui sont dévolues des tâches précises, garage, cuisine, secrétariat, etc ... ne sont pas affectés dans une section spéciale. Ils ne peuvent se retrouver qu'à la cafétéria. Mais j'ai mené mon enquête : aucun des quatre garçons ne mangeait à la même table. "Bonjour, bonsoir" et c'est tout.

— Curieux, reconnut Weber. Il doit, pourtant, nécessairement, y avoir un point commun.

— Peut-être, suggéra Yvette, ont-ils, un jour ou l'autre, tabassé un paisible consommateur dans un bar de la ville, au cours d'une rixe, comme il y en a tant, et la victime aurait pris la décision de se venger.

— Non, impossible, affirma, sans l'ombre d'une hésitation, le lieutenant Tabord. J'ai consulté les minutes de la Prévôté, ce matin, aucun des quatre disparus n'a été appréhendé en état d'ivresse ou au cours d'une bagarre durant son année de service. Je suis formel. Il n'existe qu'un seul lien entre ces morts : ils allaient avoir la "quille", dimanche, tous les quatre.

— C'est donc, réfléchit Yvette, que quelqu'un voulait les empêcher de regagner la vie civile.

— Sans doute, admit Tabord, mais cela ne nous avance guère.

Weber remua sur sa chaise.

— Lieutenant, vous serait-il possible de nous indiquer l'endroit où a eu lieu l'accident de Dumez ?

Tabord parut surpris.

— Je ne pense réellement pas que cela vous avancera à grand chose, mais soit ! Allons-y, si vous y tenez vraiment.

Le trio se dirigea vers le mur de la face nord de la caserne. Un véritable surplomb, d'une vingtaine de mètres, au-dessus de la mer.

Tabord se pencha et indiqua aux deux jeunes gens l'endroit exact où l'on avait découvert le corps de Dumez. Yvette se redressa, vivement impressionnée.

— Atroce de s'écraser ainsi, en sentant la mort venir !

Weber, à son tour, observa attentivement la topographie des lieux.

— Donc, à l'évidence, la corde et le crochet ont été posés à peu près ici.

Weber montra l'emplacement du mur. Ce dernier était surmonté d'un faîte en brique qui débordait largement de l'aplomb du granit. Si le mur avait cédé, il devrait, automatiquement, manquer une brique ou deux. Or, Weber le fit constater au chef de la sécurité militaire, aucune pierre n'était descellée ce qui contredisait la thèse du crochet ayant ripé sous l'effort.

De nombreuses traces de rayures figuraient sur les briques ce qui indiquait, clairement, que les bidasses connaissaient bien le chemin de la poudre d'escampette. Une conclusion s'imposait : le crochet n'avait pu glisser. Il s'en voulait de ne pas être venu, lui-même, vérifier ce détail. Le crime était, donc, bel et bien probable. Rien n'interdisait de penser qu'une main criminelle avait fait sauter le crochet du rebord de brique pendant que le jeune soldat se laissait glisser le long du filin.

Mais, alors, le criminel ne pouvait habiter qu'à la caserne car, à minuit, heure approximative de la mort, aucun civil ne séjournait dans les bâtiments militaires. Les derniers employés quittaient à 18 heures et encore n'étaient-ils guère nombreux : quelques lingères, un homme à tout faire et un aide-comptable.

De ce côté-là, il n'y avait rien à espérer.

D'un commun accord, le trio décida de revenir au bureau de Tabord.

Ils marchaient en silence, réfléchissant, chacun de leur côté, à l'atroce imbroglio qu'il leur fallait démêler coûte que coûte. Où s'arrêterait la frénésie de ce maniaque de la mort ?

Ce fut Yvette qui rompit le silence.

— Pourquoi cherchez-vous absolument le lien dans les sections régulièrement constituées ? Pourquoi, au contraire, ne serait-il pas dans le fait qu'aucun des morts ne faisait partie de l'une des sections ?

— Oui, grommela Tabord, mais cela ne veut rien dire du tout ce que vous racontez.

— Je regrette, maintint Yvette, pourquoi n'y aurait-il pas eu une occasion où ces jeunes auraient pu être réunis ?

— Votre idée est séduisante, mais comment le savoir ?

— Ces garçons répartis dans les divers services, s'entêta Yvette, ne faisaient-ils jamais de corvées ensemble : balayage, patates ou autre.

— Non, je ne le pense pas. Mais attendez ... si ... effectivement, le lundi, ils composaient une section, créée pour l'occasion, afin d'aller au tir. Mais oui, c'est cela ... c'est le lundi qu'ils étaient rassemblés.

— La liste, vite, hurla Weber qui venait de comprendre l'intérêt de la découverte d'Yvette.

Tabord ouvrit rapidement la porte de son bureau, fit coulisser le panneau d'un classeur et sortit une chemise cartonnée, d'aspect brunâtre.

— Voici la liste de la 4è section de tir qui s'est rendue à l'exercice, lundi dernier.

Il tira un feuillet dactylographié et lut :

- *Caporal-chef Blanc (cuisine)*
- *1ère classe Monory (cuisine)*
- *2è classe Dumez (infirmerie)*
- *2è classe Faytout (garage)*
- *2è classe Hortoul (garage)*
- *2è classe Tonard (cordonnerie)*
- *2è classe Savery (secrétariat)*
- *2è classe Brulard (entretien hélicoptère)*

— Ne cherchez pas ailleurs, dit Weber, vous avez probablement, avec ce feuillet, la liste des victimes existantes et à venir.

— Peut-être, mais nous n'avons pas le fin mot de l'histoire, pour autant.

— Vous avez le "curriculum vitae" de tous ces gaillards et spécialement leur photographie ?

— Oui, naturellement.

— Vous pouvez me confier ces photos, je vous les rendrai, ce soir ?

Tabord hésita longuement. Mais il dut reconnaître que la visite de l'inspecteur des Douanes et de sa compagne l'avait fait avancer dans cet épais brouillard. Il leur devait bien cette fleur.

— Je marche. Mais vous me les ramenez impérativement, à 19 heures, OK ?

— Juré, promit Yvette. C'est moi-même qui reviendrai vous les rapporter.

L'officier de sécurité sortit une seconde chemise du classeur et la tendit à Weber : "Tout est là dedans. Faites-en bon usage. Je compte sur vous".

Les deux amoureux remercièrent, chaleureusement, le lieutenant et se sauvèrent, tendrement enlacés !

— C'est bien joli tout cela, fit remarquer

Weber à Yvette, mais rien ne prouve que cette feuille dactylographiée recèle la liste des prochaines victimes. Cette section de tir n'est pas obligatoirement la clef du mystère, contrairement à ce que tu penses.

— Tu vois une autre solution, persifla Yvette que la mauvaise foi patente de Weber agaçait prodigieusement. Tu es simplement vexé parce qu'un petit bout de femme a eu la géniale idée de t'indiquer une piste éventuelle. Je te signale, tout de même, qu'Agatha Christie est la "best-seller" du monde entier en ce qui concerne la littérature policière et ... de loin, mon petit lapin chéri !

Weber ne prisait guère la moquerie mais il se tut, obligé d'admettre que c'était Yvette qui avait découvert le premier fil, ténu certes, mais fil tout de même, qui faisait progresser l'enquête.

D'autorité, il prit le bras de la jeune fille et, lui faisant faire volte-face, l'entraîna vers la basse ville.

— Où m'emmènes-tu, chéri ?

— Tout simplement vérifier que tu n'es pas une fumiste.

La jeune femme comprit.

Weber poussa la porte du magasin de l'antiquaire. Elle le précéda de bonne grâce.

Le père Lechaftois souleva le rideau de l'arrière-boutique et parut. Il ne pût maîtriser un haut-le-corps en reconnaissant Weber.

— Cher monsieur, roucoula l'inspecteur des Douanes, j'aurais encore besoin de vos précieuses lumières.

— Si je peux vous rendre service, répliqua l'autre sur la défensive.

— Voici quelques photos. Pourriez-vous m'indiquer les quatre galopins qui vous ont rendu visite cette semaine ?

Le vieil homme feuilleta les clichés et désigna quatre visages :

- *Blanc*
- *Faytout*
- *Brulard*
- *Savery*

— Le compte est bon, plaisanta Yvette.

Sans même un mot de remerciement, les deux amoureux sortirent, abandonnant l'antiquaire, interloqué, derrière son comptoir.

— Je ne suis peut-être pas futé, ma chérie, mais je suis à même, désormais, de t'informer que la malle est à l'origine du drame ... ou du moins son contenu. Il ne nous reste plus qu'à recoller les pièces du puzzle, sans trop mettre dans le coup le petit Faytout. Mais, celui-là, je te jure bien qu'il me le payera tôt ou tard.

Un manque de confiance manifeste à l'égard de son chef, c'est la seule faute que je ne pardonne jamais ...

— C'est un peu comme moi ... susurra Yvette.

Weber la lorgna du coin de l'oeil, furieux et bien décidé à se venger.

La vue de la Lancia sur le parking de l'hôtel fit froncer les sourcils du douanier. Il regarda sa montre.

— Oui, juste le temps, marmonna-t-il. Monte, en route pour Lingreville.

En feuilletant les pages du dossier, remis par l'officier, Weber avait trouvé indiqué le lieu de l'exercice de tir : les dunes, situées au nord de l'anse du "Ruet".

Il appuya sur l'accélérateur et la voiture décapotable bondit sur l'asphalte.

Arrivés sur le rivage, ils marchèrent à la recherche d'un quelconque indice. Ils ne tardèrent pas à déchanter : une étendue, désespérément plate, de sable, rien d'autre.

— Et, là-haut, sur ce mamelon, c'est quoi, au juste, s'inquiéta Yvette qui pointait son index vers un amas de pans de mur en ruines qui surgissait d'une butte.

— Rien, probablement un abri à moutons comme il en pousse beaucoup dans le coin ou un gabion pour la passée de canards sauvages, à l'époque de la chasse.

— Allons vérifier, si tu le veux bien, c'est plus sûr.

Le couple s'enfonça dans les oyats.

Weber, le premier, découvrit la trace des poteaux de tir. De nombreuses empreintes de pataugas, les chaussures de l'armée, étaient encore imprimées sur le sol.

— Le tir a eu lieu en cet endroit même, jeta Yvette toute excitée. Ils ont, de plus, fait écrouler ce morceau de mur, fit-elle remarquer. Regarde ! L'argile est encore fraîche.

— Oui, sans doute, mais nous n'avons pas la clef de l'énigme, avec cette constatation.

Ils regagnèrent la voiture, déçus.

Weber rageusement tira sur le démarreur et engagea le cabriolet sur la petite route qui serpentait au milieu du marais.

A 800 mètres de là, leur regard s'arrêta sur une ferme blottie dans un vallon et protégée par un épais rideau de bouleaux nains.

— Arrêtons-nous pour grenouiller un peu dans ce coin. Après tout, l'on ne sait jamais !

La ferme était déserte. Ils eurent beau frapper à la porte, un épais silence fut la seule réponse à leur curiosité.

Ils s'apprêtaient à repartir lorsqu'une vieille

femme déboucha d'un sentier, situé derrière la masure, tirant une "triolette" contenant trois cannes à lait.

— Que voulez-vous mes mignons, s'inquiéta la vieille mémé ?

Weber, sans fioriture, lui présenta sa carte bleu, blanc, rouge. Police, annonça-t-il, j'enquête ...

— Ah bon, vous êtes gendarmes. Ben, fallait le dire. Entrez boire un verre. J'ai du bon pur jus. Vous m'en direz des nouvelles. Je "pile" encore à mon âge les pommes de mon verger. Je ne le regrette pas car c'est le bon bère qui fait les centenaires !!!

Yvette éclata de rire, subjuguée par la vivacité et la répartie de la vieille fermière qui servit son breuvage à la cantonade, sans oublier son propre verre.

— Que puis-je faire pour vous ?

— Bien, voilà, c'est pas très facile à expliquer. Je suis à la recherche de soldats qui ont dû venir, lundi dernier, tirer dans les dunes.

— Ça, pour sûr. Ils m'ont bien cassé les oreilles, les grigous ! Mais que voulez-vous, faut bien ... Je les plains "les pôvres" car c'est jour et nuit qu'ils travaillent.

— Pourquoi jour et nuit, mémé, interrogea Yvette.

— Dame, y sont revenus la nuit suivante mais ils ont pas tiré, ce coup-ci. J'ai bien reconnu le bruit du moteur de leur voiture, une comme avaient les américains pendant la guerre ...

— Une jeep ... ?

— Oui, c'est cela.

— Vous êtes certaine de ce que vous affirmez ?

— Absolument ! Vous verrez, mon fisset, quand vous aurez mon âge, vous ne dormirez pas comme à vingt ans.

— Je peux vous préciser qu'il était deux heures du matin. Je m'en souviens car ils sont passés au moment où l'horloge de Tourneville marquait les deux coups. Pas moyen de se tromper avec ce réveil !

— Avez-vous pu apercevoir ce qu'ils ont fabriqué sur la plage ou sur les dunes ?

— Ça, "min garçon", vous m'en demandez trop. J'étions point curieuse de nature.

Il n'y avait plus rien à tirer de la grand-mère.

Yvette et Weber l'embrassèrent et rentrèrent à Granville.

En passant au "Plat Gousset", Yvette proposa d'aller rapporter la chemise-dossier au lieutenant Tabord.

Celui-ci les accueillit avec un soupir de soulagement.

— Du nouveau, questionna-t-il fébrile ?

— Oui, j'ai confirmation que la clef du drame réside dans la liste de la section de tir que vous m'avez remise. Par contre, j'aurais une question à vous poser : y a-t-il eu un exercice quelconque, dans la nuit du lundi au mardi, marche à la boussole, tir, etc ... ?

La réponse fut nette et sans l'ombre d'une hésitation.

— Absolument pas. Jamais, il n'y a de marche de nuit après le tir, tout simplement pour éviter de mettre l'encadrement à contribution, 24 heures sur 24. N'oubliez pas que les soldats, comme les officiers et sous-officiers, sont fort peu nombreux dans cette caserne.

— Vous maintenez qu'aucune jeep n'a pu sortir cette nuit-là ?

— Oui, garanti à 100 %.

— Je peux me permettre une suggestion, hasarda Weber.

— Bien sûr !

— Convoquez donc, s'ils sont encore de service, à l'heure présente, le responsable du garage et le chef de poste qui officiait, durant la nuit, à l'entrée de la caserne.

— C'est indispensable ?

— Oui, affirma Yvette, nous en aurons le

coeur net et saurons, si oui ou non, nous faisons fausse route. Peut-être que notre témoin s'est trompé et a rêvé ...

Tabord décrocha le téléphone et convoqua les deux hommes qui firent bientôt leur entrée dans le bureau.

— Bralerme, c'est bien vous qui étiez de garde, lundi soir ?

— Oui, reconnut le sergent, vaguement inquiet et surpris de la question.

— Vous n'avez aperçu aucune jeep sortir de nuit ?

L'autre écarquilla les yeux, abasourdi.

— ... Bien sûr que non. Je n'ai pas bougé du poste, sauf pour ...

— Pour ... demanda Tabord ?

— Il y a eu un appel de la chambre 15, un soi-disant malade. J'y suis allé, ce n'était qu'une plaisanterie.

— Combien faut-il de temps pour faire l'aller et retour entre le bâtiment principal et le poste de garde ?

— Bah ! Six minutes maximum, précisa le sergent, à l'intention de Weber.

— Alors, convaincu lieutenant, taquina Yvette !

Ce dernier, furieux, s'en prit à l'adjudant-chef.

— Vous n'avez programmé aucune sortie de jeep, ce soir-là ?

— Non, avec la "quille", dimanche prochain, les exercices de nuit sont devenus plutôt rarissimes depuis un mois.

— Personne ne peut réaliser le plein des véhicules sans qu'automatiquement vous le sachiez, insinua perfidement Tabord.

— C'est moi qui signe les "bons" et, je suis formel, je n'ai rien signé ... quoique ...

— Quoique ... ?

— En partant, ce soir-là, à 18 heures, j'ai aperçu une flaque d'essence sous la jeep rangée près de la porte du garage. Cela m'a étonné. J'ai pensé que c'était l'un de mes mécanos qui s'était décrassé les mains, pleines de cambouis, à l'essence.

— Vous avez eu tort, mon adjudant, répliqua le lieutenant, sévèrement. Vous auriez pu jeter un oeil au réservoir de cette voiture. En accomplissant consciencieusement votre travail, vous évitiez de la sorte bien des ennuis à des tas de gens !

L'adjudant baissa la tête. C'était bien la première fois qu'il se faisait ainsi rabrouer.

— Vous pouvez disposer, lança Tabord.

Les deux sous-officiers saluèrent et sortirent tout penauds, se demandant encore ce qui leur arrivait.

— Voyez, mon lieutenant, mon témoin n'avait pas la berlue ! Une conclusion s'impose : quelques-uns de vos hommes ont emprunté une jeep pour une sortie nocturne qui était liée, à n'en pas douter, aux quatre crimes récemment perpétrés.

Tabord blêmit, se leva, signifiant ainsi leur congé aux deux jeunes gens.

* * *

* *

*

Yvette avait proposé à Weber de réunir les trois hommes, peu ou prou, mêlés à l'enquête. Un bon repas dégèlerait, peut-être, les arrières pensées.

En cette belle matinée de septembre, Weber et son amie attendaient leurs invités assis à la terrasse de l'hôtel de la plage, en sirotant un Banyuls bien glacé.

Weber était inquiet. L'enquête, certes, avait progressé. Le mobile du crime semblait se profiler à l'horizon : la conquête d'un trésor, probablement découvert, dans la campagne environnante. Mais de l'assassin éventuel, il n'était pas encore question. L'idée d'Yvette l'avait séduit. Faire la paix avec Dumoncel et Tabord, mettre en commun leurs découvertes était la meilleure des solutions.

"L'union fait la force" avait plaisanté Yvette. Elle avait certainement raison sur ce point précis. Une petite brise soufflait du large. Quelques nuages couraient au-dessus du rivage. L'automne n'était pas loin.

— Tiens, voici Dumoncel !

Le jeune inspecteur de police poussait la porte tambour de l'hôtel. Il reconnut les deux jeunes gens et se dirigea vers eux, un franc sourire sur les lèvres.

— Pas rancunier, pensa Yvette. Tant mieux, cela simplifiera nos relations.

— Alors les enfants, ces vacances, agréables ?

— Pas le temps de s'amuser, rétorqua Weber, mi-figue, mi-raisin, en se levant pour accueillir l'inspecteur.

— Bah ! Le travail n'exclut pas la "relaxe" !

Yvette esquissa un sourire au bon mot et lui tendit la main.

— Vous ne vous ennuyez pas trop, mademoiselle ?

Weber devança la réponse et, le plus sérieusement du monde, affirma : j'ai embauché ma fiancée comme secrétaire et non comme guide touristique.

C'était au tour de Tabord de rejoindre le trio. Il n'avait pas l'air content et jeta un oeil noir sur Weber qui ne cilla point. Malgré cela, les deux hommes se serrèrent cordialement la main.

— Passons à table, annonça Yvette. Je vous ai retenu la meilleure, celle qui a vue sur la mer. Autant concilier boulot et plaisir de l'oeil.

Ils se levèrent et gagnèrent la salle à manger qui résonnait d'un joyeux babillage. Quelques représentants de commerce, des touristes du troisième âge.

Ils attaquèrent avec un saumon frais, au coulis normand.

— Une vraie régalade, lança Dumoncel qui dévorait des yeux le plat servi par le maître d'hôtel. La conversation allait bon train. Tabord se déridait petit à petit.

Weber en profita pour annoncer la couleur.

— J'ai découvert un certain nombre d'éléments intéressants dans mon enquête, lâcha-t-il, l'air le plus innocent du monde.

Dumoncel dressa le cou, attentif.

— Il semblerait, enchaîna Weber, que les divers meurtres soient liés à la découverte fortuite, quelque part le long de la côte, d'un véritable trésor.

L'assassin le sait et il élimine tous les témoins, un à un, appartenant à un groupe de bidasses du 1er R.I.MA.

— Parfaitement exact, rétorqua calmement Dumoncel qui eut une lueur de malice dans le regard, en contemplant l'air surpris de ses amis.

— Ah bon, dit Weber, vexé du manque de réussite totale de son petit effet.

— Parfaitement. Et, puisque vous êtes décidés à jouer le jeu, je vais vous livrer ma source d'informations, tout simplement le commissaire-principal d'Avranches.

Dumoncel lentement ouvrit sa vareuse et de la poche intérieure sortit une lettre.

— Ecoutez :

Cher ami,

Peux-tu me rendre un petit service. Je viens d'avoir la visite d'un antiquaire de la ville, Félix Portat, place de la Constitution, m'informant de la visite bizarre de l'une de tes ouailles : le jeune Brulard, fils du restaurateur du port.

D'après l'antiquaire, il serait venu avec des copains, vraisemblablement de régiment, lui proposer la vente d'objets du culte qu'il situe début du XVIIIe siècle.

Après avoir d'abord accepté la transaction, il a été pris de remords et m'a informé de l'incident.

Mais étant un peu sceptique, je préférerais, par acquit de conscience, que tu surveilles un peu le lascar en question.

Bien à toi,

Léon Loué

P.S. : Je pars en week-end au moulin de Thury-Harcourt, dans la Suisse normande, et ne serai de retour que mardi midi.

— Voilà, mes enfants, les deux pistes concordent. Il s'agit, à n'en pas douter, d'un trésor découvert, dans la campagne normande, par cette bande de joyeux garnements.

Comme l'affaire tourne au vinaigre, il est temps de se serrer les coudes ou nous friserons la catastrophe. Quatre macchabées, cela suffit amplement.

Tabord, passant sous silence le rôle joué par Yvette, fit part de ses découvertes : l'excursion secrète de la jeep, dans la nuit du lundi au mardi, et la forte suspicion d'assassinat concernant le jeune Dumez qui essayait de sauter le mur de la caserne.

— Nous avons maintenant un élément extrêmement intéressant : c'est la section de tir, placée à la vieille bergerie, qui est au centre du mystère. Quatre de ses membres, sur huit, sont déjà éliminés. Le danger plane sur la tête des survivants. Il nous faut faire très vite car c'est ce soir, à 17 heures, que nos gaillards auront la quille, rappela Tabord.

Yvette reprit la parole.

— En regardant les fiches de votre dossier, lança-t-elle à l'officier de sécurité, j'ai remarqué que quatre des huit hommes de la section étaient originaires de la région parisienne ou du centre de la France.

Sur les quatre, deux sont morts : Hortoul et Dumez. Il en reste deux : Faytout, je crois, et Savery. Ces derniers vont quitter Granville, aujourd'hui, à titre définitif, par le train de 17 h 41 !

Dumoncel indiqua qu'il partageait cette analyse.

— Ils vont donc emporter avec eux quelques objets du trésor pour les revendre à Paris. Il y a, là-bas, assez d'antiquaires véreux pour écouler, en toute impunité, le butin. A trop vendre dans la région ouest, ils seraient susceptibles d'éveiller la curiosité de la police et de ... l'évêché, laissa tomber Yvette, ravie de son petit effet.

En effet, n'oublions pas qu'il s'agit, en grosse partie, d'objets du culte. Il doit bien se trouver un inventaire de ceux-ci au siège épiscopal ?

— Pas bête, siffla Tabord, admiratif.

Au fond, nous pourrions faire fouiller, sous un prétexte quelconque, les gaillards sur le quai de la gare par la prévôté militaire.

— Non, rétorqua calmement Dumoncel, surtout pas ! Vous risquez de donner l'éveil au criminel et si, par malheur, il se trouve qu'un certain nombre de soldats aient des objets provenant du trésor dans leur valise, nous serions obligés de vous demander de les faire consigner jusqu'à la fin de l'enquête. Je suis prêt à parier n'importe quoi que cette façon de procéder inciterait l'assassin à continuer son oeuvre de mort. L'accident de Dumez m'a convaincu qu'il s'agissait d'un habitué de la caserne, il n'aura donc aucune difficulté à allonger la liste de ses victimes.

Mais si vous m'en croyez, il y a une autre solution et c'est Tabord qui en détient la clef.

— Moi, fit l'officier de sécurité, surpris ?

— Oui. Le mieux serait de faire fouiller les biffins à leur arrivée à Montparnasse. Ce doit être faisable. Si j'ai bonne mémoire, la prévôté militaire de la région parisienne est renommée pour sa férocité, lança Dumoncel, mi-figue, mi-raisin.

Tabord réfléchit.

— Oui, je peux, effectivement, télexer à Paris. Mais il me faut l'aval du colonel. Je pense que j'arriverai à le décider facilement.

Je passerai chez lui, en sortant de table. Aucune difficulté majeure ne devrait surgir.

Il se leva, pressé de remplir sa mission.

— Ah ... j'oubliais de vous dire : je fais surveiller de très près les quatre survivants. J'ai placé près d'eux, sans qu'ils s'en doutent, des hommes de la sécurité militaire. Ils sont habitués à ce genre de mission. Vous n'avez rien à craindre, ce sont des as de la filature et vos rescapés ne risquent absolument aucun pépin.

Yvette respira. Elle eut une pensée affectueuse pour le petit Faytout. Elle l'aimait bien, ce gamin. Elle aurait été désolée qu'il lui arrivât quoi que ce soit.

Dumoncel se leva, à son tour, et prit congé. Il embrassa Yvette, sous l'oeil furieux de Weber qui n'appréciait vraiment pas les manières cavalières du représentant de la police locale.

Yvette ne put résister de lui glisser à l'oreille :

— Mais, nous ne sommes pas mariés que je sache ...

Weber, dans une colère noire, grimpa dans sa chambre. Une bonne douche le calma.

* * *
* *
*

Tabord mena sa vieille 2CV devant le portail de la propriété du colonel Guaidon, commandant le 1er R.I.MA. L'officier de sécurité sonna. Le timbre résonna étrangement dans le couloir. Un bruit de porte ouverte le rassura : le colonel ne s'était pas absenté.

Une main entrebâilla le vasistas. Un regard détailla l'intrus.

— Lieutenant Tabord, s'exclama la colonelle, qui ouvrit l'huis, sur le champ, en reconnaissant l'officier. Entrez, je vais chercher mon mari. Il est en train de repeindre ses râteaux à sole, au minium, pour la prochaine marée.

Tabord entra et se trouva, bientôt, confortablement installé dans une bergère du salon de l'officier supérieur, un verre de calvados à la main.

— Alors du nouveau dans l'enquête, si je comprends le sens de votre présence !

— Oui, mon colonel.

Tabord résuma à son chef hiérarchique le déroulement de l'enquête.

— Que voulez-vous de moi, très exactement ?

— Je souhaiterais que nous m'autorisiez à télexer à la prévôté parisienne pour lui demander de fouiller à l'arrivée du train de 22 heures tous les "quillards" granvillais. Il ne s'agit pas d'un travail de longue haleine puisqu'ils ne sont que seize en tout.

Le colonel réfléchit.

— Pas très régulier cette opération, car nous n'avons pas eu d'interrogatoires, ni donc, a fortiori, d'aveux. Agir sur simple présomption n'est pas prévu au code pénal militaire.

— Mon colonel, sauf votre respect, je vous rappelle qu'il y va de la vie de quatre garçons. Un coup de canif au code vaut mieux que quatre cadavres.

L'officier supérieur dévisagea longuement Tabord. Il l'appréciait car ils avaient fait un long bout de chemin, de concert.

— Soit ! Vous avez le feu vert. Mais j'exige que vous me rendiez compte du moindre incident. Je ne veux pas d'entourloupe avec la région militaire de Paris et ne tiens pas à briser ma carrière sur un simple coup de tête.

Tabord promit tout ce qu'il voulut au colonel et se sauva non sans avoir baisé au passage les mains de la colonelle, surprise du départ précipité de l'officier.

Arrivé à la caserne, Tabord se rendit au secrétariat. Il ouvrit le coffre et s'empara de la liste des numéros de télex contenus dans une chemise.

Son doigt parcourut le vélin et s'arrêta sur "*PREVPA - 303 501 748*".

Il s'assit sur le tabouret, faisant face au télex, enleva la housse et commença à tapoter son message :

> *Objet : Fouille 16 libérables - 1er R.I.MA. Granville.*
> *Demandons Prévôté Paris prêter concours pour fouille des 16 libérables 1er R.I.MA. arrivant, ce soir, 22 heures, train n°6041 - Gare Montparnasse - Possibilité bagages renfermer objets valeur dérobés - Me rendre compte immédiatement, dès opération terminée -*
>
> *Signé : Colonel Guaidon*

Tabord remit la housse en place, enleva la bobine de papier qu'il plaça dans le coffre et sortit. Après tout, c'était dimanche et il avait bien le droit d'aller faire un petit crawl à la piscine d'eau de mer de Donville.

Dans la cour de la caserne régnait un joyeux tumulte. Les quillards se lançaient quolibets sur quolibets, en glissant un dernier objet oublié dans leur valise.

Faytout, qui venait d'ouvrir la fenêtre de sa "piaule", aperçut Tabord quittant le secrétariat, situé au rez-de-chaussée de l'immeuble sud de la caserne. La présence, un dimanche, du lieutenant de la sécurité militaire, à cet endroit, lui sembla plus qu'étrange. Il pressentit un ennui de dernière heure et décida de fureter du côté du bâtiment.

Faytout, le petit Faytout, comme le surnommait Weber, était angoissé.

Il connaissait suffisamment son ami pour deviner que l'as des as de la D.N.E.D. n'était pas resté inactif durant ces quarante-huit heures.

La quille, c'était dans quelques heures et l'assassin frapperait, certainement, à nouveau. Faytout avait cent fois retourné le problème dans sa tête. Il n'était arrivé à aucune solution satisfaisante. Le criminel ne pouvait visiblement pas être l'un des membres de la section.

Plus il repassait le film de l'année écoulée à la caserne plus il sentait confusément qu'aucun des quatre militaires survivants ne pouvait être mêlé, de près ou de loin, à cette horrible boucherie.

Seuls, a priori, les Granvillais auraient pu vendre la mèche et se doter d'un complice.

Mais il avait confiance en Brulard, Blanc et Savery. Cette hypothèse était invraisemblable. Aucun des trois hommes n'était sorti de la caserne du Roc, lors des trois premiers assassinats.

Il poussa la porte du secrétariat et entra. Un rapide coup d'oeil circulaire lui présenta la pièce dans un état de propreté méticuleuse. Les tables étaient débarrassées de tous papiers et les diverses machines recouvertes de leur housse.

— Qu'était donc venu faire l'officier de sécurité ?

Faytout, à tout hasard, fit les poubelles. Rien, aucun brouillon ne traînait. Il ouvrit les divers placards. Chou blanc, là, également. Les rames de papier et les diverses fournitures étaient bien rangées, aucun désordre apparent.

Il tourna en rond un bon quart d'heure, mais en vain. Il dut se rendre à l'évidence, le lieutenant de la sécurité n'avait apparemment effectué qu'une ronde de routine. Peut-être était-ce là l'une des tâches obligatoires de sa fonction. Pourtant, il était obligé de convenir qu'il ne l'avait jamais aperçu, auparavant, exécuter cette inspection et Dieu sait s'il avait passé de nombreux dimanches à la caserne, ne serait-ce que pour les tours de garde. Faytout n'arrivait pas à s'éloigner.

Un sixième sens lui indiquait qu'il devait encore chercher et qu'il trouverait, tôt ou tard. Il erra, à nouveau, entre les meubles, enleva les housses des machines à écrire, sans succès.

Il posa machinalement la main sur le télex et comprit sur le champ. Ce dernier était chaud, il avait fonctionné, peu de temps auparavant, à l'évidence.

Faytout dirigea ses yeux vers la bobine. Elle avait été ôtée de son logement.

Bizarre ! Car, généralement, le rouleau de papier restait sur l'appareil après usage.

Il fallait que le message, envoyé ou reçu, fût d'importance pour que Tabord ait cru bon de le faire disparaître.

Un idée affreuse germa dans l'esprit de Faytout. Et si l'assassin n'était autre que le lieutenant de la sécurité ? Pourquoi pas, après tout ?

L'assassin, c'était une certitude, était un familier de la caserne. Comment expliquer autrement qu'il se soit trouvé sur place, la nuit de la mort de Dumez, sur les remparts ?

Faytout en ferait la remarque à Weber. Si ce dernier pouvait se procurer la liste des personnes ayant couché à la caserne, cette nuit-là, il aurait l'assurance que c'était dans cette liste de suspects qu'il fallait rechercher le coupable.

Qu'il était bête ! Pourquoi n'y avait-il pas pensé plus vite ? Le flair douanier, il y avait vraiment des jours où il en était totalement démuni. Quelle honte !

Le jeune garçon ne tarda pas à découvrir le pot aux roses. Son regard accrocha le coffre, placé sous la fenêtre. Faytout l'examina de près. Il n'y avait pas de sûreté, une simple serrure ordinaire, donc une clef, un point c'est tout. Les secrétaires ne devaient y ranger que leurs stylos ou leur caisse noire pour acheter les boissons, à 16 heures, à la cafétéria.

Jamais, il ne réussirait à ouvrir le pêne car, malgré tout, ce coffre était un "Bauche et Fichet", donc impossible de l'ouvrir sans la clef.

— Qui possédait cette clef, en dehors de l'officier de sécurité qui, du reste, Faytout le savait, détenait un double de toutes les clefs de la caserne ?

Mais oui, bien sûr ! Savery, le brave Savery.

Il "marnait" au secrétariat et ne devait pas ignorer où se trouvait ce fichu sésame.

Faytout fit rapidement demi-tour et sortit à la recherche de son ami.

Il le trouva au bar en train d'écluser une bière, entouré de jeunes "bleus", arrivés la veille, et à qui il promettait l'enfer. Les nouvelles recrues ne savaient si c'était du lard ou du cochon et commençaient à se faire du mauvais sang. Ils pensaient être peinards et les anciens leur parlaient de marche forcée, avec 50 kilos sur le dos, sans parler de la discipline de fer qui ne tarderait pas à s'abattre sur eux.

Faytout rigola en douce et héla Savery.

Le joyeux trublion rappliqua à toute vitesse, légèrement inquiet en découvrant la mine soucieuse de son ami le douanier.

— Il se passe des choses peu banales, marmonna Faytout, en baissant la voix. Tabord sort du secrétariat. Il s'est servi du télex et la bobine a été enlevée de sa gorge.

— Que veux-tu que j'y fasse, grogna Savery, furieux de l'intrusion de Faytout car il caressait l'espoir de se faire, tôt ou tard, payer sa bière par les nouveaux conscrits. Ceux-ci, le voyant occupé, commençaient à se défiler et à prendre la tangente, au grand dam de son porte-monnaie !

— As-tu la clef du coffre ?

— La clef du coffre ? Oui, bien sûr, j'en possède une mais pas sur moi car je la cache au secrétariat.

— Bon, alors, "radine" ! On y fonce.

Savery régla sa bière et emboîta le pas à Faytout.

Au secrétariat, il ouvrit un tiroir et sortit, du milieu d'une pelote de ficelle, une clef qui y était dissimulée.

— Tu penses que le rouleau s'y trouve ?

— Peut pas être ailleurs, grinça Faytout. J'ai vérifié chaque recoin de la pièce, sans succès.

La lourde porte pivota et les deux garçons aperçurent le rouleau du télex posé sur un dossier.

Le douanier s'en saisit et lut avidement.

Le message n'était en rien sibyllin et, de plus, n'était même pas codé.

— Une chance, reconnut Savery.

La porte fut refermée et le rouleau remis en place.

— Tu saisis ce que cela signifie ? Tout simplement que si je n'avais pas détecté la venue de Tabord au secrétariat, nous nous faisions bêtement gauler à Paris. Il faut prévenir Blanc. Sais-tu où il se trouve ?

— Dans sa piaule, je crois. Il me semble que

je l'ai aperçu en train de mettre à sécher sa "quequette *"sur la fenêtre.

Faytout planta là son ami et fonça vers le bâtiment nord.

Blanc y avait sa chambre. En tant que caporal-chef, il bénéficiait de ce privilège. Le jeune "quillard" poussa la porte sans même frapper. Blanc était là, une veine !

Faytout lui conta sa découverte.

— Bien joué, lâcha Blanc, laconique. Nous allons changer notre fusil d'épaule.

Nous laisserons tout ce qui devait filer sur Paris chez Brulard. Je m'arrangerai, dans les jours prochains, à livrer, moi-même, la marchandise.

Sur ces paroles énigmatiques, le caporal-chef poussa Faytout dans le couloir en le priant, poliment mais fermement, de le laisser boucler sa valise.

---

* "quequette", en jargon militaire : chemise

CHAPITRE V

Faytout avait la gorge étranglée d'appréhension. Dans une heure, exactement, il serait libéré. Qu'allait-il se passer ? L'assassin frapperait-il à nouveau ?

La nuit, il se tournait et retournait dans son lit. Peut-être feraient-ils mieux de tout dévoiler à la police. Après tout, ils n'avaient ni tué, ni volé. Aucun des antiquaires à qui ils avaient livré la marchandise ne les avait encore payés. Il était encore temps de mettre fin à l'engrenage fatal.

Il y avait une possibilité de placer le criminel au pied du mur. En révélant à la police l'existence du magot, ils lui ôtaient toute raison logique de s'en prendre aux survivants de la section.

C'était aussi simple que cela.

C'est alors que l'idée s'insinua subitement dans son esprit.

Blanc, le caporal-chef Blanc, ne venait-il pas de dire qu'il était capable d'effectuer, seul, les livraisons ? Qu'avait-il voulu dire au juste ? Un certain nombre de petits détails curieux revinrent en mémoire à Faytout. Eh oui, seul le caporal-chef Blanc était à même de s'isoler. Il avait une chambre, les autres non.

N'était-ce pas lui qui s'était arrangé avec Manuela pour sortir la jeep de nuit, sans donner l'éveil. N'aurait-il pas agi de même en d'autres occasions ?

Faytout paniquait. Oui, il n'y avait pas d'autre alternative. Blanc était bien le seul à pouvoir matériellement échapper quelques heures à ses amis. Il était originaire de la région granvillaise et avait dû organiser méticuleusement son coup. Un complice, peut-être deux, étaient là, tapis dans l'ombre, prêts à frapper.

Le jeune douanier en était là de ses rêveries lorsqu'un vigoureux coup de klaxon le ramena à la réalité. Le car qui devait transporter les "quillards" au train s'apprêtait à partir.

Il prit ses deux valises et se hâta.

A la gare, c'était un énorme charivari. Cris, hurlements de sioux, étreintes, chacun vivait à sa façon les derniers instants en terre granvillaise. Un grand blond, légèrement éméché, la canette de bière à la main, vociférait des "la quille, bordel !" à qui mieux mieux.

Faytout se glissa sur le quai. La S.N.C.F., méfiante, avait prévu, à cette occasion, un train de vieux wagons à compartiments en bois. Les fauves pourraient se faire les griffes, ils ne casseraient pas grand-chose.

Une main se posa sur l'épaule de Faytout. Surpris, il se retourna.

Weber et Yvette étaient là souriants.

— Alors, bonhomme, on file à l'anglaise, sans dire au revoir à ses meilleurs amis, martela Weber, goguenard.

— Pas très gentil, du tout, ajouta Yvette !

Le garçon posa ses deux valises, à terre, et balbutia quelques excuses.

Weber le fixa droit dans les yeux.

— J'espère que tu te rends compte, lui asséna-t-il, que tu es le dernier des parisiens à être encore en vie. Tu n'iras pas loin, je te le jure. Ton assassin est certainement dans le train et te guette.

Faytout frissonna, malgré lui, et jeta un coup d'oeil inquisiteur aux alentours.

— Ne perds pas ton temps à jouer les devins. Tu ne trouveras certainement pas. Cela peut être n'importe qui et, vraisemblablement, celui auquel tu t'attends le moins.

A nouveau, il repensa à Blanc.

— De toute façon, un ami sincère et dévoué cela n'a pas de prix, enchaîna Weber. Voici les dispositions que j'ai prises pour assurer ta protection : dans le compartiment que l'armée t'a affecté, j'ai installé cinq agents de la brigade de surveillance des Douanes de Granville. A l'arrivée à Montparnasse, tes anges gardiens te conduiront à une voiture de la D.N.E.D. qui t'attend, bien sagement, dans la cour de la gare. Ensuite, en route pour la Direction des Douanes de Saint-Germain-en-Laye. J'ai contacté le patron. Il est d'accord pour que tu occupes l'une des chambres de la Direction. Tu seras employé comme planton, quelque temps, histoire d'y voir plus clair. J'espère que je débusquerai rapidement le tueur et mettrai, ainsi, fin à ton calvaire.

— Vous voyez, plaida Yvette rassurante, vous ne risquez rien. Tout a été minutieusement prévu. Si l'assassin s'est mis en tête de frapper pendant votre voyage, il en sera pour ses frais.

Faytout se força à sourire à la jeune fille.

Il se reprochait un peu son manque de coopération. Mais, dans l'ignorance de la réaction de Weber au récit qu'il lui ferait de leur découverte, il valait mieux garder le silence.

— Tête de mule, grogna Weber qui devinait les pensées de son jeune collègue.

Le sifflet du chef de gare lança une longue trille. Le gabelou salua ses amis et gagna le compartiment qui lui était réservé.

Le train décolla doucement du quai, prit de la vitesse et disparut dans le lointain.

Tassé dans un coin du compartiment, Fay tout revoyait le film des dernières heures.

Il était à peu près sûr de son fait : seul Blanc pouvait avoir eu idée de s'emparer du trésor, en éliminant tous ceux qui avaient participé à la découverte. Aussi prit-il sa décision : il tenterait, seul, de démasquer le caporal-chef.

A Villedieu-les-Poëles, il sortit dans le couloir, alluma une cigarette et, à l'instant précis où le train redémarrait, sautait sur le quai.

Pour confondre Blanc, il lui fallait revenir incognito à Granville et le surveiller.

Les deux dernières et futures victimes toutes désignées seraient inévitablement Brulard et Savery. A lui, donc, de jouer.

Un taxi était en stationnement dans la cour de la gare. Le garçon intima l'ordre au chauffeur de prendre le chemin de Granville, ce qu'il exécuta sans se faire prier car la course était belle et la journée bien gagnée. A Granville, il se fit déposer chez Brulard.

Le jeune restaurateur, à la vue de son copain qui était sensé faire route sur Paris, ouvrit de grands yeux, surpris.

— Toi, ici, que se passe-t-il ? Entre !

Les deux garçons s'attablèrent autour d'une bouteille de cidre bouché et discutèrent de longues heures.

La conclusion, une nouvelle fois, jaillit claire et nette. Blanc était le seul à avoir eu l'occasion de recruter des complices. Pour en être définitivement convaincu, la meilleure des preuves consistait à le prendre en flagrant délit avec son ou ses acolytes en train de vider la cave de la bergerie.

Faytout rappela à Brulard les dernières paroles prononcées par le caporal-chef, en le quittant :

> *"Je m'arrangerai, dans les jours prochains, à aller, moi-même, faire la livraison".*

Brulard se souvenait que Blanc avait parlé d'un sien cousin qui résidait à Paris et chez qui il envisageait de constituer le dépôt des objets qui seraient vendus en Ile de France.

— Cela évitera les allées et venues entre Paris et Granville. A la longue, nous deviendrions suspects, avait-il affirmé, non sans raison.

— Bien sûr, c'est probablement là qu'il stockera le trésor, admit Faytout. Par conséquent, il est obligé de vider la bergerie. Il n'y a pas un instant à perdre. La première des mesures à prendre est de surveiller les dunes et leur accès.

Si Blanc vient seul, il y aura encore un doute. Mais s'il est accompagné d'un ou deux aides, plus de problème, il aura trahi et ces ombres seront ses complices. Il fait définitivement nuit à 23 heures, en ce moment. Trouvons-nous à Lingreville pour cette heure précise. Nous planquerons la voiture et surveillerons la bergerie.

— D'accord, dit Brulard, qui se versa une dernière rasade de cidre bouché pour se remonter le moral.

* * *

* *

*

A 22 heures 30, les deux amis grimpèrent dans la berline paternelle et filèrent sur Bréhal.

— J'espère qu'il ne sera pas là avant nous, suggéra Brulard, inquiet.

— Moi, je ne formule qu'un souhait, répliqua Faytout, c'est qu'il vienne bien, ce soir, au rendez-vous.

— Bah, tu te fais bien du souci pour rien. Plus il attend, plus un rôdeur risque de découvrir la cachette. Son intérêt est donc de vider la cave très rapidement.

Faytout hocha la tête, peu convaincu.

A cette époque de l'année, les dunes étaient désertes et l'entrée de la cavité était bien calfeutrée. Bien malin qui pouvait deviner l'existence de la cachette.

Au carrefour du "Fro", ils foncèrent sur la route de la plage. En traversant le marais, Brulard proposa de camoufler la voiture dans une étable à vaches qui, sur le côté droit du chemin, semblait déserte.

Faytout descendit du véhicule et alla jeter un coup d'oeil sur la remise.

— Elle est vide, cria-t-il, avance ton char à boeuf.

Ils refermèrent la lourde porte à deux battants et, à pied, gagnèrent les dunes.

La plage paraissait abandonnée. Un petit vent glacial s'infiltrait dans les oyats qui, fouettés par l'air du large, se couchaient en gémissant.

— J'aime la nuit, glissa Brulard.

— C'est pas le moment d'être romantique, critiqua Faytout qui, l'oreille aux aguets, préférait s'assurer qu'aucune voiture ne roulait dans les parages.

— Qu'est-ce qu'il a comme tacot ?

— Si ma mémoire est bonne, je l'ai aperçu, une fois ou deux, au Casino, en "Visa" de couleur blanche.

— Bah, tu sais, la couleur blanche la nuit ...

Faytout, furieux, fusilla du regard son ami. Il n'appréciait pas son humour, surtout à cette heure critique.

La bergerie se dessina, bientôt, sur l'horizon.

— Il faut voir sans être vu, plaisanta Brulard, décidément en verve.

— Oui, je connais mes classiques, moi aussi, rétorqua Faytout qui observait avec attention les alentours. Si tu m'en crois, il amènera sa voiture à la bergerie. Il ne peut guère faire autrement pour charrier les malles. Donc le seul chemin d'accès est celui que tu aperçois à l'est du littoral et qui serpente à travers le marais.

— Cela va de soi, reconnut Brulard, légèrement vexé.

— Nous aurions intérêt à nous placer à contre-jour pour mieux observer le manège et essayer de discerner les traits des complices.

— Pas bête, la douane, persifla le jeune Granvillais.

— Ce trou, sur la droite, fera bien l'affaire.

Brulard se pencha et découvrit un large carré de sable évidé.

— Un trou à carottes, précisa-t-il. A Lingreville, les "chouars" - c'est ainsi que l'on appelle les maraîchers - enfouissent les carottes dans le sable pour les conserver l'hiver. C'est une vieille tradition dans ce village et cette opération leur permet d'inonder les marchés quelles que soient les saisons.

— Je reconnais bien là le fameux génie commercial normand, ricana Faytout, moqueur.

Les deux garçons s'allongèrent à même le sable et commencèrent leur veille en scrutant l'ombre. Une horloge égrena ses onze coups dans la nuit.

— Le clocher de Saint-Martin-de-Bréhal, indiqua Brulard qui connaissait la région sur le bout des doigts.

Les heures passèrent. A deux heures du matin, Faytout remua, les jambes envahies par les fourmis.

— Viendront plus, affirma-t-il péremptoire !

Brulard lui fit signe de se taire et pointa l'index dans la nuit.

Le douanier dressa l'oreille. Un bruit d'herbe foulée se faisait entendre à une centaine de mètres de la bergerie. Les deux amis se tassèrent un peu plus dans leur trou, écarquillant les yeux.

Le bruit était régulier et se rapprochait insensiblement. Ils partirent, malgré eux, d'un grand éclat de rire. Une vache s'avançait lentement le long du chemin, en broutant, çà et là, au hasard des touffes, une herbe récalcitrante.

Elle dépassa le trou où ils étaient allongés et s'éloigna, le plus majestueusement du monde, vers l'anse du "Ruet".

— Elle a dû s'échapper du marais, expliqua Brulard.

La veille reprit, irritante. Le sommeil commençait à alourdir les paupières et une petite brise leur cinglait le visage.

Ce fut Faytout qui discerna le faisceau lumineux, à travers les arbres, de l'autre côté du marais.

— Une voiture, avertit-il.

La petite boule orange avançait d'arbre en arbre, trouant la nuit de ses rayons dansants.

— Pas prudent, le frère !

— La nuit est d'encre, comment veux-tu qu'il fasse autrement ?

Le véhicule approchait, il roulait au pas.

A un moment donné, il disparut subitement.

— Chut, il s'engage dans les dunes !

Le faisceau cahotant reprit de plus belle, fouillant l'obscurité dans une sarabande infernale.

— Il faut vraiment de bons amortisseurs pour faire du tout terrain.

Brulard et Faytout se turent, intrigués. La voiture approchait de la bergerie. Mais le conducteur avait éteint toutes ses lanternes. Il se rangea contre le mur écroulé et sortit de l'habitacle.

Les deux amis ne perdaient pas une miette du manège.

L'homme qui se dirigeait, avec prudence, vers l'intérieur des ruines était très grand.

D'instinct, ils surent que ce n'était pas Blanc. Le caporal-chef était petit et râblé. Rien à voir avec la grande gigue qui se trouvait devant eux, à moins de cent mètres.

L'émotion étrangla la gorge de Faytout. Il l'avait sa preuve : là, devant lui, à portée de la main. Blanc avait un complice et c'est ce dernier qui était chargé du transport. Leur ancien chef avait dû partager les tâches. Il s'occupait de la vente et ses sbires de la récupération matérielle du trésor.

Ainsi, ils avaient, bel et bien, été roulés !

L'assassin n'était autre que cette silhouette noire qui, à cet instant précis, fouillait dans le coffre arrière de la voiture.

Brulard rendit, en son for intérieur, hommage à la perspicacité de son copain. Vraiment, les gabelous avaient quelquefois du flair !

La silhouette referma le coffre d'un bruit sec ; une pelle dans la main droite et une corde dans la gauche. L'ombre sauta le mur écroulé et commença méthodiquement à déblayer l'orifice. Son ahan résonnait dans la nuit froide.

Faytout essayait mentalement d'accumuler les indices : un mètre quatre-vingt cinq, environ, une certaine agilité qui dénotait un âge encore non canonique, 35 à 40 ans, probablement.

La cavité dégagée, l'homme revint à la voiture et attacha la corde à la poignée de la portière arrière gauche. Il avait raison, car il n'y avait aucune autre prise possible pour fixer le filin. L'ombre disparut dans le trou.

Les jeunes gens entendirent un crissement de malle déplacée et l'homme surgit, à nouveau, près du véhicule.

A la stupéfaction générale, la portière avant droite pivota.

— Tiens, tiens, il repart en abandonnant tout ?

Ils n'eurent pas long à attendre et comprirent le stratagème. La voiture lentement avançait vers eux, puis s'arrêtait quelques mètres plus loin.

— Bien sûr ! Ingénieux, le système. La voiture faisait, tout simplement, office de grue et hissait la malle, attachée à la corde, vers le sommet de la voûte.

L'inconnu redescendit de son siège et sortit le coffre du trou. Centimètre après centimètre, il le fit glisser sur le sable, vers l'arrière de la voiture.

Avec un outil, sorti de sous le siège avant, la serrure fut forcée et le contenu entassé dans la berline.

Sa tâche terminée, l'inconnu plaça la malle sur le siège arrière et, les branches d'arbres remises en travers, commença à reboucher l'accès de la cavité.

Un quart d'heure plus tard, la voiture s'éloignait doucement dans les dunes et disparaissait vers le marais.

Les jeunes gens s'extirpèrent de leur trou et vinrent jeter un oeil sur la bergerie. Ils fouinèrent, un peu partout, à la recherche d'un quelconque indice, mais sans succès.

— Cette silhouette me rappelle quelqu'un, avança Brulard. J'en suis absolument persuadé. Mais qui, voilà le hic !

Faytout sortit la lampe de poche dont il avait pris la précaution de se munir, et commença à balayer le sol, méthodiquement, de son faisceau.

— Que je suis bête, cria-t-il, la voilà la preuve ! Regarde la trace des pneus : des Michelin, en tout point identiques à ceux trouvés sur la berne près du corps de Tonard. Cette fois-ci, il n'y avait plus le moindre doute, le complice de Blanc était forcément l'assassin.

— Nous ferions bien de commencer à vider l'antre de son trésor, sinon il va nous échapper.

Je pense que la meilleure des solutions consisterait à venir, au grand jour, entre midi et deux heures, par exemple. Nous ne risquons pas d'être dérangés à cette heure-là. De cette façon, l'oiseau trouvera la cage vide, la nuit prochaine.

Faytout était de cet avis. Ils s'assirent contre le mur de la bergerie et mirent au point leur plan.

— Le mieux est de louer une camionnette. Nous n'aurons ainsi qu'un voyage à effectuer.

C'était la sagesse même.

— Ingénieux le coup du filin attaché à la poignée ...

— Oui, admit Faytout, nous utiliserons la même technique, ce midi, car je me vois mal louer une grue et l'amener jusqu'ici.

Soudain, un bruit de moteur pétarada dans le lointain. Les deux anciens militaires bondirent dans leur trou.

Qui pouvait être ce nouvel intrus. Un deuxième voyage accompli par l'assassin ?

— Non, le faisceau des phares est plus haut que précédemment, détailla Brulard. Ce n'est pas la même guimbarde. On dirait bien une vieille 2CV Citroën.

Le bruit se rapprochait. Ils se turent par précaution.

Le chauffeur du véhicule éteignit, lui aussi, ses phares et déboucha sur la bergerie. Le moteur s'arrêta et, à leur surprise, Blanc descendit de la vieille voiture. Aucun doute, c'était bien le caporal-chef.

— Il met la main à la pâte, grogna Faytout qui se retenait pour ne pas bondir sur son ancien chef.

Brulard lui posa la main sur l'épaule, devinant ses intentions. Le caporal-chef refit les mêmes gestes que son prédécesseur. Il fallait admettre que le scénario était bel et bien au point. Tout était savamment minuté. Mais l'antique Citroën n'avait pas la puissance de la grosse cylindrée précédente et Blanc eut de la peine à hisser la malle. Il dut s'y reprendre en plusieurs fois car les roues de la 2CV patinaient dans le sable.

Après une demi-heure d'efforts, le caporal-chef réussit à faire basculer la malle sur le bord de la cavité. Il ne prit même pas soin de l'ouvrir et la hissa, sans trop d'efforts apparents, dans le coffre de la Citroën.

— Elle semble plus légère que les autres, remarqua Faytout à l'oreille de Brulard.

— Silence ! Le vent a tourné et il y a un risque que notre conversation soit entendue.

Faytout se tapit au fond du trou et attendit la suite des opérations. Il n'y avait plus d'erreur possible. C'était bien Blanc car sa lampe électrique avait un instant caressé son visage et ils avaient reconnu les traits du visage de leur chef de section.

Blanc recouvrit les branchages de terre argileuse provenant du mur écroulé et la 2CV disparut comme elle était venue.

A quatre heures du matin, les deux garçons décidèrent de regagner la grange où était caché le break. Il valait mieux déguerpir au plus vite car les paysans se levaient de bonne heure, dans la région, pour traire les vaches qui paissaient dans le marais. La discrétion s'imposait.

Ils dévalèrent les dunes, en courant, et sortirent la Peugeot de son abri. A quatre heures trente, ils se jetaient sur leur lit et s'endormaient d'un lourd sommeil de plomb. Faytout, dans ses rêves, essayait d'échapper au caporal-chef Blanc qui le poursuivait, un gigantesque couteau de boucher à la main.

Le ciel était du plus beau bleu. Yvette poussa les volets de sa chambre en chantonnant.

— Chéri, minauda-t-elle, allons faire un tour à la campagne. J'ai envie de me dégourdir les jambes et d'entendre gazouiller les petits oiseaux.

Weber se retourna sur sa couche, glissant un oeil désabusé sur sa compagne qui prenait une douche. Il comprit qu'il n'arriverait pas à la persuader du contraire.

— Tu connais, Coutances, lança-t-il, avenant ?

— Non, chéri !

— Il y a dans cette ville l'une des plus belles cathédrales gothiques de France et le chemin, pour y accéder, serpente dans une série de magnifiques vallons sillonnés de rivières à saumon.

Veux-tu que nous y allions ?

— OK, mon amour. J'en ai déjà l'eau à la bouche !

Weber se leva promptement et fit sa toilette.

Une heure plus tard, ils roulaient vers l'évêché du département de la Manche, car l'inspecteur des Douanes avait sa petite idée en tête !

— Tu sais, poucette, fit remarquer Weber, il y a un magnifique jardin public, désires-tu que nous le visitions. Je crois qu'il te plaira.

Yvette donna son accord et Weber fit grimper au cabriolet la rue Saint-Nicolas.

Arrivé devant la grille du jardin des plantes, il pila et invita sa fiancée à descendre.

Celle-ci, légèrement interloquée, s'exécuta.

— Je viens te rechercher dans une heure, lui lança Weber qui démarra sur les chapeaux de roues. C'est amplement suffisant pour la visite. Tu m'excuseras, j'ai une course urgente à effectuer.

La jeune femme eut beau menacer et traiter de tous les noms de petits oiseaux son preux chevalier, il l'abandonna sans aucun remords.

Weber dirigea ses pas vers l'évêché. Lorsque le chanoine Bourgues entendit le heurtoir cogner la lourde porte de chêne, il leva la tête, surpris. A cette heure-là, il n'y avait guère de visiteurs à l'accoutumée. Il ouvrit et se trouva nez à nez avec l'inspecteur. Il s'effaça et l'invita à pénétrer dans le corridor.

— Mon Père, attaqua le douanier, j'aurais voulu rencontrer le bibliothécaire de l'évêché. J'entreprends certaines recherches et un entretien avec l'historien du diocèse m'est indispensable pour ces travaux.

— Vous ne pouvez mieux tomber, répliqua en riant le bon Père, je suis le bibliothécaire officiel.

Weber s'assit, et, sans ambages, posa sa première question.

— Avez-vous, dans vos archives, une liste complète des objets du culte dérobés dans votre région ?

— Bien sûr mais les cambriolages, en ce domaine, sont assez rares car tous les ostensoirs, vases, burettes, calices et ciboires ne sont plus en métaux précieux, depuis fort longtemps, et le cuivre n'intéresse personne. Nous avons eu davantage de vols de retables que d'objets sacrés.

Weber faisait triste mine. Le brave ecclésiastique s'en aperçut et éclata de rire.

— Vous êtes déçu ?

— Oui, un peu, avoua Weber, sans trop s'avancer dans la confidence.

— Vous savez les objets de culte en métaux précieux n'existent pour ainsi dire plus dans la région.

— Et pour quelle raison ?

— Tout simplement parce qu'ils ont été confisqués à la Révolution. Les curés ont été obligés de les remettre à la République naissante.

Weber inclina la tête. Il se souvenait encore de son histoire de Terminale.

— Par contre, enchaîna le Père Bourgues, un

certain nombre de ciboires en or ont disparu, corps et biens, et n'ont jamais été retrouvés.

Weber dressa la tête intéressé.

— Oui, suivant les archives de l'époque révolutionnaire, les nobles et les curés non jureurs de l'Orne, du Calvados et du sud de la Manche auraient décidé, à cette époque, de faire passer leurs richesses en Angleterre. Un long convoi aurait quitté, en secret, la région de Flers, dans les années 1792 ou 1793, si ma mémoire est exacte, pour Granville que les Blancs devaient prendre d'assaut afin de permettre à un navire anglais de récupérer le trésor des contre-révolutionnaires.

— Qu'est-il advenu à ce convoi, questionna Weber, anxieux ?

— Nous ne l'avons jamais su très exactement. Ce qui est certain c'est que l'on a perdu définitivement sa trace à partir du château de Mesnil, près de Bréhal. Les Blancs ne purent se rendre maîtres de Granville et l'on n'entendit plus jamais parler du convoi. A-t-il été attaqué par des pillards, des sans-culottes, comme on les appelait à l'époque ? Le mystère devait rester entier.

Weber pressentit, à cet instant, qu'il venait de découvrir le pot aux roses. Tout concordait de façon précise. Lingreville n'était qu'à six kilomètres de Bréhal et les antiquaires s'étaient vu proposer des ciboires, plats et assiettes d'or, les uns provenant très certainement du clergé, les autres des représentants de la noblesse. Tout excité, il se leva et remercia le prêtre de son amabilité.

— Vous avez toute ma reconnaissance, mon Père, vous m'avez rendu un fier service.

— Ah ! fit le bibliothécaire, légèrement surpris ... mais il n'insista pas outre mesure et raccompagna Weber sur le pas de la porte.

Ce dernier eut beau arpenter, en long et en large, le jardin des plantes, il ne put trouver la moindre trace d'Yvette. Le gardien lui indiqua qu'il avait bien aperçu une jeune femme à l'air agité et courroucé mais il ne put apporter davantage de précisions. C'est de fort mauvaise humeur que Weber fonça sur Granville.

Sa dulcinée avait, vraisemblablement, regagné Paris. Il n'avait que ce qu'il méritait. Le 20 septembre approchait, elle avait simplement devancé l'appel !!!

A l'hôtel de la Plage, quelle ne fut pas sa surprise de découvrir Yvette, en terrasse, prenant l'apéritif avec le petit Faytout. Les bras lui en tombèrent. Que signifiait cette plaisanterie ? Le plus naturellement du monde, elle lui expliqua qu'elle avait rejoint Granville en stop et, qu'en se promenant sur le port, avait découvert Faytout déjeunant sur le balcon d'un immeuble faisant face à la capitainerie.

Le jeune homme s'était baissé pour se cacher, avec un temps de retard, et, à l'appel d'Yvette, il avait bien été obligé de descendre. Elle avait, alors, réussi à le persuader de venir bavarder un tantinet avec Weber.

— Je connais l'assassin, ou du moins le bras qui l'a armé, avoua piteusement le jeune gabelou, fort mal à l'aise en présence de son ami.

Weber dressa instinctivement la tête.

— Je suppose que, comme d'habitude, tu t'es fichu dans ta sale caboche l'idée de ne pas nous communiquer le nom du criminel ?

Un long combat intérieur se déroulait dans le crâne du garçon.

C'est Yvette qui emporta la décision finale.

— Le faux frère et le traître, c'est toi, lui asséna la jeune femme. Tu es l'assassin, au second degré, de Savery, de Brulard et de Blanc. Y as-tu pensé ?

En te taisant, tu as la certitude que tes trois copains disparaîtront, un jour ou l'autre, tu n'as pas le droit de te conduire comme tu le fais. Tu oublies un peu trop vite, d'autre part, que tu es fonctionnaire et que la non dénonciation d'un assassin est un crime. La Douane te radiera du corps si l'affaire tourne mal.

Faytout suait à grosses gouttes. Il céda, enfin, à la supplique et dit simplement :

— C'est le caporal-chef Blanc, mon ancien responsable de section.

— Tu ne bouges pas d'ici, hurla Weber, et tu montes dans la chambre avec Yvette. Je serai de retour le plus vite possible.

Peu après, il pénétrait, comme un fou, dans le bureau de Tabord, l'officier de sécurité.

— Eh, l'ami, vous avez été piqué par une guêpe, plaisanta le lieutenant.

— Vite, la fiche du caporal-chef Blanc !

Tabord farfouilla dans un tiroir à clapet et la lui tendit. Weber lut avidement ce qu'il cherchait :

Nom : *Blanc* Prénom : *Désiré*

Domicile : *21, rue de la Pergola*

Jullouville (50)

Profession : *mécanicien à l'aéro-club de Granville (50)*

Particularités : *Brevet pilote, 1ère catégorie*

Enfants : *Néant*

Marié : *Non*

Opinions politiques supposées : *Adhérent "Centre Démocrate et Social" (C.D.S.)*

— Qu'est-ce qu'il a bien pu vous faire ce Blanc ?

— Il y a 80 chances sur 100 pour qu'il soit l'assassin, révéla Weber, et je fonce perquisitionner chez lui en prenant Dumoncel, au passage. Le criminel vit ses dernières heures de liberté.

— Vous ne risquez pas de le trouver à son domicile, hasarda Tabord.

— Pourquoi donc ?

— Je revenais de faire un golf à Bréville lorsque je l'ai aperçu prenant la direction de l'aéro-club. Sa voiture, du reste, était drôlement chargée. Je ne sais ce qu'il transportait mais le pont arrière s'était lamentablement affaissé.

— Vite, beugla Weber, suivez moi, il va nous échapper.

Les deux hommes dévalèrent, quatre à quatre, l'escalier et s'engouffrèrent dans la voiture de Tabord qui était rangée sous les tilleuls de la cour.

— Passez prendre Faytout à l'hôtel, c'est sur la route, récupérez Dumoncel et foncez à l'aéro-club. Nous le tenons, ce salopard, il ne peut plus nous échapper.

A 9h30, ce jour-là, Blanc sortit la 2CV du garage qu'il avait loué, près de la plage, à Jullouville. Il contempla d'un air moqueur la vieille voiture surchargée et lui murmura, câlin : "Bah, tu en verras d'autres, je te le prédis. Tiens bon encore un peu et je te jure que je changerai ton moteur !"

Satisfait de sa plaisanterie, il tira sur le démarreur et la Citroën, après une longue hésitation, consentit à tourner.

Blanc riait comme un bossu dans la voiture. Ce sacré Tabord ! Il a cru nous rouler, c'est nous qui l'avons bien eu. Le trésor partira par avion chez le cousin de Gennevilliers. Ce sera beaucoup plus simple. Comme il n'y a jamais de contrôle de douane ou de police sur les vols intérieurs, ce sera une opération pépère !

— Hein, la grosse !

Blanc caressa le tableau de bord de sa vieille rosse. C'était le troisième voyage qu'il effectuait. Ce matin à l'aube, il avait conduit la première malle à l'aéro-club. Une chance ! Personne n'y couchait et, de plus, le contrôleur de la navigation aérienne était absent tous les week-ends. Il n'avait eu aucun mal à placer son trésor sur l'un des sièges arrières du CESSNA 150 qu'il avait loué pour la journée afin d'accomplir un aller et retour Granville-Enghien-Moisselle, près de Paris, dans le Val d'Oise.

Théo, le mécanicien-chef, avec qui il travaillait avant son service militaire, l'avait à la bonne. Son plan de vol avait été programmé sans anicroche, pour dix heures. De toute façon, il reprenait son travail au début du mois d'octobre. Il était donc de la maison.

Lorsqu'il avait hissé la seconde malle dans la carlingue du biplace, Théo était entré, à l'improviste, dans le hangar. Il n'avait guère paru particulièrement intéressé par la tâche de son collègue.

– Tu te méfieras, avait-il simplement lancé, ne te goures pas dans le calcul de la dérive du vent car il commence à souffler.

Blanc, en vieux briscard, avait rassuré son ami. Il rangea la 2CV au parking, devant le restaurant, et poussa le CESSNA hors du hangar.

Confortablement installé dans l'avion, il effectua les opérations de mise en route. L'hélice se mit à tourner, lentement d'abord, puis prit son régime normal à 1200 tours.

Blanc laissa le moteur chauffer pendant deux ou trois minutes et jeta un rapide regard au cadran du tableau de bord.

L'avion avança lentement et gagna le point d'attente, à l'allure d'un homme au pas. Arrivé à l'entrée de la piste, Blanc demanda à la tour de contrôle l'autorisation de décoller. En règle, il se plaça dans l'axe de la piste et, de la main droite, poussa progressivement la manette des gaz vers l'avant.

Blanc revivait ! Le pilotage était sa passion et lorsqu'il avait décroché son examen de 1ère catégorie qui l'autorisait à voler de jour, il n'avait eu de cesse que de préparer le second brevet qui lui permettrait le vol de nuit. L'appareil prit de la vitesse. Le tachymètre indiquait 100 km/heure. Blanc ramena doucement le manche vers lui. Le nez de l'appareil monta sur l'azur et l'avion prit son envol.

L'ancien caporal-chef survola la caserne, très nettement visible au sommet du Roc. Les tilleuls de la cour dessinaient une large tache verte.

— La quille, bordel ! lança-t-il joyeusement et il régla le régime de croisière du moteur à 2500 tours-minutes.

A l'aplomb de Tinchebray, il décida de virer légèrement pour maintenir le cap. Prenant une inclinaison à 30°, il agit en douceur sur le manche, à droite, puis poussa le palonnier ... La sueur perla sur son front. L'appareil ne répondait plus aux commandes. Blanc insista, à nouveau, mais l'appareil piqua du nez.

— Saloperie, jura-t-il, tu vas te relever ! Le mécano tira sur le manche mais en vain. Le nez de l'appareil monta au-dessus de la ligne d'horizon. C'était le décrochage. L'avion tournoya comme une feuille morte et piqua vers le sol.

Blanc, horrifié, voyait la terre monter à sa rencontre. Dans un dernier réflexe, il tira encore sur le "balai" mais les gouvernes restèrent inertes. Dans un dernier sursaut de volonté, il actionna les pédales du palonnier mais l'avion continuait à piquer vers la terre. Blanc se sut perdu.

— ... 100 mètres ... l'avion tombait toujours ... 50 mètres ... 30 mètres ...

Ce fut une formidable explosion, un immense rougeoiement. Blanc sentit un grand choc, une grande chaleur l'inonda et tout s'estompa dans le néant.

* * *
* *
*

La voiture de Tabord freina devant le bureau du chef-pilote dans un nuage de poussière. Weber et Dumoncel poussèrent la porte du bureau du directeur de l'aéro-club.

— Où travaille Blanc, interrogea, brutalement, l'inspecteur de police ?

— Blanc ? ... bégaya le pilote, mais il vient de décoller pour Enghien !

— Quoi, hurla Weber qui, fou de rage, comprenait qu'il venait d'être berné par le caporal-chef.

Théo, le mécanicien, à cet instant précis, entra.

— Chef, il me manque plusieurs outils dans l'atelier. Je suis pourtant persuadé de les avoir rangés, hier au soir, avant de partir.

— Ecoute, tu me raconteras cela une autre fois, répliqua le chef-pilote. Tu vois bien que j'ai de la visite.

Théo sortit furibard. Il était certain qu'une cisaille lui avait été dérobée. Mais allez discuter avec ce sacré Tanguy, une vraie tête de breton !

— Quand revient l'avion, demanda Weber ?

— Ce soir, à 17 heures 15.

— Soyez assez gentil de téléphoner au commissariat si le vol de retour devait être avancé, exigea Dumoncel.

— Qu'est-ce qu'il a fabriqué de répréhensible, mon mécano, s'inquiéta Tanguy ?

— On vous le dira plus tard, lança Weber qui n'avait toujours pas récupéré de sa déconvenue.

A quelques mètres, la tour de contrôle grésillait. Un homme en sortit en courant et pénétra comme une flèche dans le bureau de Tanguy.

— L'avion de Blanc s'est crashé à Vire ... lâcha-t-il. La gendarmerie vient de nous envoyer un message radio.

Yvette, la première, reprit ses esprits au récit des deux hommes.

— Je crois qu'il faut y aller. On ne sait jamais. C'est peut-être une panne bénigne.

C'était la voix de la raison.

La grosse limousine fonça sur Vire.

Deux heures plus tard, ils étaient à la gendarmerie. Le brigadier de service leur indiqua que l'avion s'était abattu, à la sortie de Vire, dans un champ situé sur la route de Condé-sur-Noireau. D'ailleurs, toute la brigade était partie sur place, aussitôt reçu l'appel téléphonique émanant d'une ferme voisine.

Il n'avait pas d'autres nouvelles et était incapable d'affirmer s'il y avait gravité ou non dans cet accident.

A la Tour de l'Horloge, la GX tourna à droite et attrapa la nationale 182.

Après un virage, ils découvrirent l'appareil dont les débris fumaient toujours.

Trois camions à incendie arrosaient encore la carlingue disloquée, tandis que les gendarmes mesuraient les traces de l'impact.

Ils se rangèrent sur le bas-côté de la route,

fendirent les cercles concentriques de curieux et se présentèrent au capitaine de gendarmerie qui dirigeait l'enquête.

Il se fit aimable car il connaissait bien Dumoncel qui l'avait aidé dans une enquête précédente sur un vol de chevaux de course.

— Y-a-t-il des survivants, mon capitaine ?

— Hélas, non ! Il n'y avait qu'un homme à bord et il est mort carbonisé. Disons qu'il n'a pas souffert car l'appareil a explosé au contact du sol.

— Nous pouvons jeter un oeil, s'il vous plaît ?

— Bien sûr, je vous accompagne.

Le petit groupe se dirigea vers l'amas de ferraille. Faytout buta sur une masse informe masquée par une touffe d'herbes et s'étala au sol. De rage, il flanqua un grand coup de pied dans la boule noirâtre et quelle ne fut pas sa surprise de constater que le fer de sa chaussure avait laissé une large traînée dorée sur l'amas de terre. Intrigué, il se pencha et comprit immédiatement.

— Un ciboire, bégaya-t-il.

Ainsi le caporal-chef se sauvait-il, en avion, avec le trésor !

Il héla Weber et lui fit part de sa découverte. Il n'avait plus de raison de cacher quoique ce soit. L'assassin gisait là, calciné, à quelques pas.

Weber tournait et retournait le ciboire entre ses mains.

— Tu ne m'apprends rien, souffla-t-il, doucement, à son ami. Je savais que vous aviez découvert un trésor et que l'un de vous avait décidé de tous vous éliminer pour conserver seul le bénéfice de l'opération.

La foudre se serait abattue sur Faytout qu'il n'aurait pas été plus surpris.

— Ainsi, vous saviez ... hoqueta-t-il ?

— Bien sûr, lui dit doucement Yvette. Tu as de la chance, un copain comme le tien, on n'en fait plus !

Faytout serra gauchement la main de Weber qui lui entoura affectueusement les épaules.

— Que veux-tu, la solidarité entre douaniers cela existe. Non, tu ne crois pas ?

Un gendarme se faufila vers le chef du détachement.

— Mon capitaine, vous pouvez venir voir. Je viens de découvrir quelque chose de bizarre.

Le groupe se déporta vers un coin du pré, éloigné d'une centaine de mètres.

— Regardez ceci ...

Tout l'arrière de l'avion avait été projeté aux alentours par l'explosion et une partie du fuselage était restée accrochée sur une haie, intacte et préservée de l'incendie qui n'avait ravagé que l'avant du CESSNA.

— Que trouvez-vous d'étrange, s'enquit Tabord ?

— Là, vous ne voyez rien ?

Ils se penchèrent et ce qu'ils découvrirent les rendit muets d'effroi. Le câble de la gouverne de profondeur et celui du gouvernail de direction avaient été cisaillés aux trois-quarts. Ils avaient lâché au cours d'une manoeuvre du CESSNA. La morsure de l'acier était bien visible. Pas d'hésitation !

Yvette, qui ne perdait pas le nord, se souvint de l'incident de la disparition de la tenaille à l'aéro-club. L'avion avait bel et bien été saboté. Une remarque s'imposait et c'est Faytout qui la hasarda timidement.

— Je me suis trompé. Blanc n'était pas l'assassin, il a été éliminé comme les autres ...

Dumoncel reprit, rapidement, ses esprits.

— Il ne nous reste qu'une chose à faire : rentrer en vitesse et tout mettre en oeuvre pour assurer la protection rapprochée de Brulard et de Savery.

Quant à toi, mon petit, si tu veux bien écouter mes conseils, reste auprès de tes amis et ne les quitte pas d'une semelle. C'est ta seule chance de ne pas passer à la casserole.

Faytout pâlit. Il était totalement d'accord avec cette analyse.

CHAPITRE VI

Yvette était allée, ce matin-là, faire du shopping pendant que son seigneur et maître en écrasait consciencieusement. La jeune femme avait poussé jusqu'à la maison de la presse où elle avait acheté quelques revues de mode. Lorsqu'elle voulut payer, la patronne n'avait pas la monnaie d'appoint.

— Peu importe, dit-elle, je prends "Ouest-France" et le "Monde" et le compte y est.

Revues et journaux glissés dans une pochette plastique, aimablement fournie par la maison, elle sortit.

Le soleil inondait la place et le spectacle était ravissant car le marché aux fleurs battait son plein. Mille et une couleurs jouaient avec la lumière. Yvette, fascinée et décidée à musarder encore un petit moment, s'assit à la terrasse du "Café de France" et commanda un coca.

Machinalement, elle plongea la main dans le sac et en tira "Ouest-France". Un gros titre accrocha son attention : le Président des Etats-Unis venait de décider une diminution substantielle des impôts.

— C'est pas en France que l'on verrait une chose pareille, soupira-t-elle, et elle plongea le nez dans le quotidien normand.

C'était toute son enfance qui resurgissait à la lecture de la vie provinciale : faits divers, foires, kermesses, cours de légumes et de la viande ... etc... Quelquefois, elle s'en voulait d'être montée à Paris. Mais vous n'êtes guère maître de votre destinée ! Son destin à elle avait été, tout simplement, un enfant du pays, établi médecin à Paris, qui l'avait emmenée comme secrétaire médicale, lorsqu'elle avait obtenu son B.T.S. à Limoges. Mais la solitude commençait à lui peser. La vie artificielle des grandes villes lui faisait regretter les moeurs simples de la campagne. Elle aurait voulu comme toutes les filles de son âge avoir un chez soi, un mari et des enfants en train de se chamailler. Mais les garçons, désormais, ne pensaient plus qu'à couchailler et l'oiseau idéal devenait de plus en plus rare.

Lorsqu'elle avait fait la connaissance, trois semaines plus tôt, de Weber, à la Fête des Loges, à Saint-Germain-en-Laye, où elle était allée souper, un soir, avec des amis, elle avait été troublée par la gentillesse et le charme qui se dégageait de ce garçon certes plus très jeune mais toujours séduisant. Weber allait avoir 50 ans et Yvette 30.

— Tu sais, pour une femme, 30 ans équivaut à 50 ans, lui avait dit en souriant Weber.

Elle avait ronchonné, peu satisfaite de ce sophisme. Et puis, quelques jours après, la catastrophe était arrivée sous la forme d'un collègue de Weber, rencontré au tennis du domaine d'Hennemont. La conversation avait roulé sur l'inspecteur de la D.N.E.D..

Le charmant collègue, qui ignorait l'idylle de Weber et d'Yvette, avait révélé que ce dernier avait coutume de se débarrasser de ses conquêtes le 20 de chaque mois. Yvette avait accusé le coup et n'avait rien dit. Mais elle en avait gros sur le coeur car son Weber lui plaisait.

Elle ne voulait pas s'avouer vaincue et, lorsque le douanier lui avait proposé de venir passer quelques jours à Granville en sa compagnie, elle avait sauté sur la chance qui s'offrait à elle. Huit jours pour transformer un amant en mari, c'était juste mais, crânement, elle se jura de réussir l'exploit.

— Pas facile d'attacher un fil à la patte d'un citoyen comme Weber ! Bah ! D'autres, et de plus coriaces, s'y étaient laissés prendre. L'on verrait bien à l'usure !

Elle laissa tomber machinalement un regard sur les petites annonces : le matériel agricole à vendre, les chiots à échanger, les propositions de saillie, toute la vie de la campagne s'y trouvait.

Une petite annonce, pourtant, attira son attention car elle détonnait sur ses voisines.

> *"A vendre d'urgence, cause départ, objets sacrés XVIII e siècle, métaux précieux. S'adresser au journal - référence 5020 - qui transmettra".*

— Tiens, tiens, le petit coquin de Faytout ne serait-il pas encore là-dessous ! Le drôle ! Il ne nous en a rien dit.

Yvette décida de vérifier.

Abandonnant ses journaux et son coca, elle fonça au comptoir et réclama un jeton de téléphone. Feuilletant l'annuaire de la Manche qui traînait près de la cabine, elle appela Brulard. Un déclic. Une chance, il était chez lui !

— Salut, lança-t-elle. Vous pourriez me passer M. Faytout ?

— Un instant ... je vais le réveiller ...

Une lueur de malice passa dans les yeux de la jeune fille.

— Alors, mon petit Faytout, la grasse matinée à ton âge alors que je viens d'apercevoir des créatures de rêve qui se dorent au soleil sur le Plat-Gousset !

— Tu parles, ricana Faytout, les créatures de rêve de Granville, je les connais toutes ... et au sens biblique du terme, précisa-t-il dans un joyeux éclat de rire. Qu'est-ce que tu veux, demanda-t-il légèrement inquiet ?

— J'ai sous les yeux le "Ouest-France" de ce matin et je lis une rubrique qui ne me procure pas une joie débordante. Tu continues ton sale petit manège. Pourquoi ne pas nous avoir révélé hier que tu avais fait paraître une annonce dans le journal pour vendre tout ou partie du trésor ?

— Mais ... balbutia le jeune homme, nous n'avons jamais fait passer d'annonce ni dans "Ouest-France", ni dans la "Manche Libre", du reste.

— Tu es bien sûr ?

— Oui, absolument. Nous avions décidé de ne pas le faire afin de ne pas éveiller la curiosité. Au début, Hortoul l'avait suggéré. Nous étions tombés d'accord pour éviter ce genre de publicité. C'était trop risqué.

— Alors, soupira Yvette, c'est l'assassin, on ne sort pas de là !

— Oui, admit Faytout, le type qui est venu, l'autre nuit, faire une ponction dans le trésor et qui avait précédé Blanc ne peut être que le criminel. Mais autant trouver une aiguille dans une botte de foin !

— Ecoute, je rentre à l'hôtel, viens nous y retrouver, nous discuterons de ce nouveau rebondissement de l'affaire avec Michel.

— C'est que ..., marmonna Faytout, nous avons, Brulard et moi, promis à Savery d'aller le voir jouer au tennis, cet après-midi, au tournoi d'automne organisé par le Tennis-Club de la Falaise. Il vient d'atteindre le 4e tour. Ce qui est promis, est promis.

— A quelle heure le match ?

— A quinze heures.

— Bien, nous tâcherons d'y faire, également, un saut.

La jeune fille raccrocha, régla son coca et, attrapant au passage sa littérature, rejoignit son homme. Elle lui narra sa découverte en détail.

— L'assassin vient de commettre sa première bévue. La brèche est ouverte, il n'a plus qu'à s'y engouffrer. Habille-toi vite et accompagne moi ...

— Mais, chéri, je suis habillée ...

Weber regarda la jeune fille et piqua son fard.

— Où ai-je donc la tête ?

— Je te trouble, ajouta Yvette qui se mordait les lèvres pour ne pas rire.

— Tu parles, elle n'est pas née celle qui me troublera.

— On dit ça ... taquina la jeune femme.

Pomponné, rasé de frais, un brin de lavande dans la barbe, Weber descendit, quatre à quatre, les marches de l'hôtel.

— Où m'emmènes-tu, haleta Yvette qui s'époumonait à le suivre ?

— Au commissariat, puis aux bureaux du journal "Ouest-France".

Ils récupérèrent en route Dumoncel qui, piteusement, dut avouer qu'il n'avait pas encore découvert l'annonce.

— Mais je l'aurais lue, tôt ou tard, mentit-il avec aplomb, peu fier de se faire damer le pion par une femme !

Ils furent reçus au journal par le directeur de l'agence de Granville qui couvrait tout le sud du département.

— En quoi puis-je vous être utile ?

— C'est au sujet de cette annonce, révéla

Dumoncel, tendant la page du journal dont Yvette avait coché quelques lignes.

L'homme, la cinquantaine, les cheveux poivre et sel, enleva ses lunettes et fixa ses interlocuteurs.

— Vous savez que la déontologie de ma profession m'interdit de communiquer le moindre renseignement concernant le nom et l'adresse de nos clients. Je suis sincèrement désolé. J'aurais voulu vous faire plaisir mais impossible. Seul le juge d'instruction d'Avranches peut me délier de mes obligations.

— Mais il s'agit d'un crime, monsieur, plaida Yvette.

— Je regrette, madame, s'il s'agit d'un crime. Adressez-vous au Juge ... il ne manquera pas de vous donner satisfaction.

Dumoncel connaissait ce breton, une vraie tête de mule. Il comprit qu'il n'en tirerait rien, dans l'immédiat du moins, et se leva.

— Je suis désolé de vous avoir dérangé, monsieur Le Floch, croyez bien que nous comprenons votre position. Nous ne voulons pas vous attirer d'ennuis.

Ils saluèrent le directeur du journal et sortirent ulcérés et mortifiés. Un simple grattepapier leur avait coupé l'herbe sous le pied !

— On va voir ce que l'on va voir, vociféra

Dumoncel s'adressant à Weber. Il lui demanda à voix basse de passer au commissariat, le soir même, à 23 heures, et se sauva d'un pas rapide.

Yvette, à table, entre le saumon et la fricassée de poulet au cidre, informa Weber que Brulard et Faytout se rendraient l'après-midi au terrain de tennis de la falaise pour encourager leur copain Savery.

L'inspecteur de la D.N.E.D. leva la tête, inquiet.

— A tout hasard, je crois que nous ferions mieux d'y aller également mais je ne suis pas certain que le garçon courre un risque quelconque. Il y aura trop de spectateurs et où se trouver plus en sécurité sinon dans une foule ? L'assassin n'aurait pas les coudées franches pour agir. Je le vois mal perpétrer son crime sur le court de tennis.

— Ton analyse est exacte. Nous en profiterons pour détailler tous les fans assis sur les gradins. Il y a fort à parier, ajouta Yvette, que notre assassin y sera également. A mon humble avis, il ne doit pas lâcher les "baskets" de nos trois lascars, attendant le moment propice pour agir. Qui sait, la silhouette entrevue dans les dunes provoquera-t-elle un déclic chez nos deux marsouins.

— Bah, tu sais, une silhouette, aperçue de

nuit, paraît souvent plus grande qu'elle ne l'est en réalité ...

Yvette n'insista pas. Après tout, le policier c'était Weber et non elle. Le douanier avait suffisamment obtenu de réussites professionnelles pour savoir de quoi il parlait.

Elle se leva et monta se changer.

A 15 heures, le couple se présentait aux guichets du club.

— Deux places, s'il vous plaît !

Le préposé leur tendit deux tickets numérotés. Les tennis de Granville étaient un enchantement. Des allées bien ratissées, des arbustes, des fleurs et, sur la droite, des chênes plusieurs fois centenaires qui coupaient le vent du large.

Une petite tribune, face au terrain d'honneur où allait se disputer le match, était déjà amplement garnie. Des jeunes, essentiellement, garçons et filles qui, en connaisseurs, suivaient d'un oeil intéressé les balles d'échauffement que Savery et son adversaire venaient de commencer à échanger. Savery, fils d'un boulanger de Saint-Pair-sur-Mer, avait passé, à la grande désolation de son père, plus de temps sur les courts de tennis qu'au pétrin. Le jeune garçon avait le tennis dans le sang et dès qu'il avait terminé son travail, il se hâtait de rejoindre les courts pour l'entraînement.

Un prestigieux classement 15/2 avait couronné sa volonté et ses talents.

— Je suis naturellement doué pour tous les sports, aimait-il à rappeler sans que sa modestie en souffrît le moins du monde.

Aujourd'hui, c'était la consécration. Jamais, jusqu'à présent, il n'avait été aussi loin dans un tournoi homologué par la Fédération. Son protagoniste avait un classement inférieur, 30/2, mais, en véritable renard des courts, il était redouté de tous les joueurs. Un ordinateur, en guise de cerveau, lui permettait de dérégler rapidement les plus réguliers de ses adversaires, à la grande joie du public. L'arbitre venait de grimper sur sa chaise et donnait quelques directives aux juges de ligne. Le club avait bien fait les choses : des petits ramasseurs de balles étaient présents sur le terrain.

La tribune était archicomble, maintenant. De toute évidence, les supporters de Plantagenest, le challenger, étaient nombreux. Il n'était que d'écouter les applaudissements nourris qui éclataient en longues salves dès qu'il réalisait une belle balle. Weber et Yvette étaient assis au dernier gradin de la tribune. Situation inespérée qui leur permettait de surplomber la galerie et d'observer, à leur aise, tous les spectateurs.

Ils dénichèrent rapidement Faytout et Brulard, assis au premier rang et qui ne perdaient pas une seule balle du regard.

Savery, qui était venu ramasser une "Penn" le long de la lice, leur serra la main. Ils échangèrent quelques mots mais le couple était trop éloigné pour qu'il puisse saisir les propos échangés.

Mais déjà l'arbitre faisait signe d'arrêter les échanges. Les choses sérieuses allaient commencer. Savery fit tournoyer sa raquette. Il gagna le Toss. Humant l'air, en vieux briscard, il choisit le côté opposé au vent. Cela lui éviterait de sortir les balles dans le premier jeu et lui assurerait, en cas de gain, un avantage psychologique certain.

Le match démarra sur les chapeaux de roues. 15/0 ... 30/0 ... 30/15 ... 40/15. Savery venait de remporter son premier jeu. La suite du combat fut serrée. Tour à tour, Savery et Plantagenest prirent l'avantage. Plantagenest gagna le premier set au tie-break : 7/6. Les applaudissements redoublèrent lorsque les deux frères ennemis se présentèrent sur le terrain pour le second set. Weber détaillait chacune des rangées. Beaucoup d'inconnus mais aussi des visages aperçus au hasard des promenades dans Granville ou dans les environs. Comment détecter un assassin dans une telle foule. N'importe qui pouvait faire n'importe quoi.

Faytout avait croisé les yeux d'Yvette. La jeune fille n'avait pas bronché. Inutile de révéler à l'assassin, s'il était présent, que les deux anciens militaires étaient surveillés de près. Faytout ébaucha un début de sourire mais il comprit rapidement le message et se tourna vers la partie de tennis.

Weber avait découvert trois crânes rasés, des militaires, sans doute. Il les détailla et les photographia cent fois dans sa mémoire.

— Tu es ridicule, lança Yvette malicieusement ! Tu es persuadé qu'il s'agit d'un militaire, rien n'est moins sûr ! Le poste de garde est une véritable passoire. Il est très facile de s'introduire dans la caserne sans que nul ne vous remarque.

— Peut-être, s'entêta Weber, mais j'ai un pressentiment : pour moi, il s'agit d'un militaire et, d'habitude, je ne me trompe jamais lorsque j'ai une petite idée sur la question.

— Tu sais à 50 ans, c'est le déclin assuré, distilla vénéneusement la jeune fille qui pouffait.

Weber lui décocha un regard noir qui n'eut d'autre effet que de provoquer l'hilarité d'Yvette. Le second set se termina sur la victoire de Savery : 6/4.

Le 3ème et dernier set promettait d'être serré. La foule, subjuguée et intéressée, s'était tue. Elle commençait à prendre fait et cause pour Savery qui le seul, jusqu'alors, n'avait pas contesté les balles "ligne".

Plantagenest, sentant qu'il possédait là un moyen efficace de déconcentrer son adversaire, usait et abusait du subterfuge.

Savery, dans son coin, attendait patiemment que les vociférations de son challenger cessent et il repartait de plus belle à l'attaque. A 6/6, les deux joueurs exténués s'assirent sur leur banc respectif en buvant goulûment une gorgée d'eau. La foule, debout, cette fois, battait des mains. Weber abandonna sa revue de détail pour encourager à son tour Savery.

— Allez Sasa, hurla-t-il, attaque !

Savery leva la tête, se demandant visiblement qui était cet énergumène qui le baptisait d'un surnom plus que douteux.

Yvette flanqua un coup de coude à son compagnon, le rappelant à la réalité. Pourquoi se faire ainsi bêtement remarquer !

Weber, déconfit, se rassit. La fin du match fut palpitante. 5/5 au tie-break. Savery n'avait plus que quelques minutes pour sceller son destin dans ce tournoi. Il exécuta un smash terrible sur le revers de Plantagenest qui essaya, mais en vain, de reprendre la balle de demi-volée. Cette dernière s'éleva et redescendit lentement ... dans le couloir. 6/5 annonça l'arbitre.

C'était à Savery de servir.

Il prit son temps, respira profondément et balança, avec un han à la Connors, un ace sur la ligne de service qui laissa pantois Plantagenest, une fraction de seconde.

— Jeu et set, annonça l'arbitre.

Plantagenest protesta et dirigea ses pas vers la chaise de l'arbitre.

— La balle est "out", tonna-t-il de mauvaise foi.

Les spectateurs hurlèrent leur désaccord et sifflèrent copieusement ce manque évident de sportivité. L'arbitre ne démordit pas de sa décision sous les applaudissements de la foule qui commençait à gagner la sortie.

Savery sauta de joie et rejoignit ses deux amis.

— Bravo, mec, dit Brulard. Dépêche-toi d'aller te changer, j'ai mis une bouteille de "champ" au frais, à la maison.

— Je me douche avant, si tu n'y vois pas d'inconvénient ; rendez-vous devant les guichets, dans dix minutes environ.

Savery était heureux. Enfin ! Il entrait dans le cercle des grands du tennis granvillais. Son rêve de toujours ! Prenant sa serviette, il abandonna Plantagenest qui pérorait entouré d'une bande de minettes qu'il tentait de convaincre que seul le mauvais arbitrage l'avait frustré de la victoire.

— D'ailleurs, le juge de ligne avait oublié ses lunettes ...

Le reste se perdit dans le brouhaha général et Savery gagna rapidement les douches. Le Président du Club, Vignon, le félicita au passage.

— Tu as désormais ta place dans l'équipe première de Granville, lui annonça-t-il !

Savery rayonnait. Des années qu'il attendait cette promotion ! Son père serait fier, malgré tout, et il poussa la porte, tout à la pensée du bon bain qui l'attendait.

Il se déshabilla prestement, accrocha short et slip à la patère. Il peina quelques instants sur le noeud du lacet de sa chaussure droite et envoya promener, à l'autre bout de la pièce, ivre de joie, chaussettes et chaussures.

Nu comme un ver, il poussa le rideau et sauta dans la douche. Il n'eut même pas le temps de crier la peur qui venait de l'étreindre, l'homme qui lui faisait face lui planta son poignard dans la poitrine. Tout vacilla. Un voile glissa sur ses paupières et Savery, baignant dans une mare de sang, bascula sur le côté.

L'assassin ouvrit la douche, lava soigneusement son arme qu'il replaça dans sa gaine de cuir et, ouvrant la fenêtre qui donnait sur l'arrière des tennis, s'esquiva tranquillement par le jardin public qui bordait les installations du club.

Faytout regarda machinalement sa montre.

— Un quart d'heure ! Il devrait être propre notre champion !

Brulard proposa d'aller à sa rencontre.

— Il a dû boire un dernier verre au bar. Trois heures à suer sang et eau sur le court, à la rage du soleil, cela déshydrate, plaida Faytout.

— Oh, la rage du soleil, un 20 septembre et en Normandie, n'exagérons rien ...

Les cris poussés par Plantagenest, sortant de la douche, attirèrent subitement l'attention de tous ceux qui étaient encore présents.

— Vite, venez, il y a un malheur ...

Faytout devina le drame et courut rapidement aux douches.

Le spectacle qu'il découvrit était atroce. Savery gisait recroquevillé sur lui-même, les yeux vitreux et baignant dans son sang. Weber, qui franchissait le portail, avait entendu les appels de Plantagenest. Il pénétra à son tour dans le bâtiment et ne put que constater le décès du jeune tennisman.

En bon professionnel, il fit le tour du bâtiment. La fenêtre ouverte sur l'arrière du club et la haie piétinée ne laissait subsister aucun doute. Le criminel s'était enfui par le jardin public.

A tout hasard, Weber s'y rendit mais il était totalement désert. La piste s'arrêtait là. Yvette, pendant ce temps, avait téléphoné du bar à Dumoncel qui, quelques minutes plus tard, débarquait avec une escouade de policiers. Le SAMU emporta le corps du jeune homme à l'hôpital pour l'autopsie.

Faytout et Brulard, totalement prostrés, réalisèrent, enfin, pour la première fois, le terrible danger qui planait sur leur tête.

* * *

* *

*

Weber regarda instinctivement sa montre. Neuf heures du soir. Il n'oubliait pas qu'il avait rendez-vous au bureau de Dumoncel dans quelques heures. Il avait une petite idée de ce qu'avait manigancé le policier.

Yvette et lui firent un petit tour, le long de la jetée, main dans la main, écoutant siffler le vent et gronder l'écume. A dix heures, ils étaient de retour.

— Une petite sieste crapuleuse, proposa Weber !

Yvette le regarda amoureusement.

— Pourquoi pas, jeta-t-elle hâtivement, ce sera la dernière, à vrai dire, puisque nous sommes le 20 septembre ! Il devrait donc y avoir, incessamment, des lendemains qui déchantent !!!

Weber la regarda longuement mais se tut. Tendrement enlacés, ils rejoignirent leur nid. En un tour de main ils se dévêtirent. Weber, haletant, bascula la jeune fille sur le lit et amorça une série de savantes caresses. Yvette se lova amoureusement contre le corps basané. Elle l'aimait d'une folle passion, jamais rencontrée jusqu'alors. Pourquoi son compagnon ne voulait-il pas d'un foyer stable ? A son âge, il était plus que temps d'y penser.

Instinctivement, elle entoura de ses cuisses musclées et longilignes la taille de son amant. Weber ne se le fit pas dire deux fois. Ses mains coururent le long du corps de la jeune fille, effleurant au passage le galbe parfait de ses seins. Il s'attarda quelques secondes à exciter les tétons qui durcirent sous la caresse.

La jeune femme râlait de plaisir ce qui excitait davantage Weber dont le corps tendu au maximum exigeait déjà plus. Les doigts descendirent amoureusement vers le pubis qu'ils frôlèrent lentement avec intensité. L'orgasme gagnait petit à petit sa compagne qui se jeta la première sur le corps aimé. Ce ne fut plus que le tendre halètement de deux êtres qui se découvraient pour la première fois. Une série de spasmes les détendit, heureux et comblés.

Yvette, la première, refit surface et tapota l'épaule de son ami.

— Ne t'endors pas sur le rôti, lui murmura-t-elle langoureusement en lui mordillant le lobe de l'oreille. N'oublie pas ton rendez-vous chez Dumoncel.

Il se pencha sur la table de nuit, consultant son réveil de voyage.

23 h 30. Il était grand temps. Il prit rapidement sa douche et s'habilla.

— Qu'est-ce qu'il te veut, voulut savoir Yvette ?

— Je n'en ai pas la moindre idée, mentit Weber qui quitta son égérie après un rapide baiser sur le front.

— Cela ne mérite pas mieux, minauda Yvette ?

— C'est vrai, tu as été épatante, finit par reconnaître l'inspecteur des Douanes, à regret, et il se sauva.

A minuit, Weber pénétrait dans le commissariat dont une lumière brillait encore au premier étage. Il grimpa allègrement les marches de l'escalier et frappa à la porte du bureau de Dumoncel. Le policier l'attendait. Une bouteille de calvados et deux petits verres étaient placés, en évidence, sur un plateau.

— Une petite gnole ?

— Volontiers !

Les deux hommes sirotèrent le nectar.

— C'est une 1893. Fameuse, non ? Elle m'a été offerte par le maire de Granville.

— Mais c'est de la concussion ou je ne m'y connais pas.

— Non, non, il a tenu simplement à me remercier d'avoir mis sous les verrous une bande de voyous qui mettaient à sac, l'hiver, les résidences secondaires des parisiens.

— Bon, assez de bêtises, à quelle heure le départ ?

Les deux policiers jubilèrent.

— Nous sommes bien d'accord sur le but de notre escapade : le journal "Ouest-France" ?

— Affirmatif, lança Weber. Le nom de l'assassin est inscrit dans une quelconque chemise du bureau de Le Floch, ce n'est pas l'heure de faire du sentiment après le récent assassinat de

Savery. A ce propos, rien de neuf ?

— Si, dit lentement Dumoncel, il semble bien que le criminel soit venu en voiture, très exactement en Renault 20.

— Ah, fit Weber surpris.

— Oui. Le guichetier était resté enfermé, comme après chaque match, dans sa guérite, à comptabiliser les entrées lorsqu'il a remarqué un type de 35-40 ans sortant précipitamment, dix minutes avant l'alerte donnée par Plantagenest, du jardin des plantes. Détail intéressant, il est monté à bord du seul véhicule qui se trouvait encore au parking du tennis.

— Le numéro n'a pas été relevé ?

— Hélas, non. Mais le guichetier est sûr de son fait : il s'agissait d'une voiture immatriculée dans la Manche. Le tuyau est d'importance. J'ai immédiatement télexé à la préfecture pour avoir la liste des Renault 20 immatriculées dans l'arrondissement de Granville. Je l'aurai demain, ce qui circonscrira, un peu, le champ de nos recherches !

— Et pour le petit Faytout, vous avez pris des dispositions ?

— Oui, cinq hommes montent la garde autour de l'immeuble du restaurant, dissimulés un peu partout sur le port. Ils ne risquent rien. Soyez rassurés. Quand j'aurai ajouté qu'il y en a même un qui couche dans la maison ...

— Je préfère, soupira Weber !

— En route, commanda Dumoncel. Il y a ce soir un superbe clair de lune, il va nous falloir prendre quelques précautions.

— Ah, c'est vrai, j'oubliais. C'est la grande marée en ce moment.

Dumoncel éteignit les lumières puis ferma à clef la porte extérieure du commissariat. Les deux policiers gagnèrent l'embranchement de la rue Paul-Poirier et de la route de Saint-Pair, obliquèrent dans une petite ruelle qui longeait les bureaux du journal et se retrouvèrent derrière l'immeuble à visiter.

Dumoncel sortit une roulette de la poche de sa vareuse. La vitre fut bientôt découpée. L'espagnolette tourna. D'un coup d'épaule, l'inspecteur ouvrit la fenêtre. Les deux ombres sautèrent à l'intérieur et refermèrent doucement l'huis. Weber sortit sa lampe de poche et commença méthodiquement son travail de recherche. Les deux pièces du bas furent fouillées, de fond en comble, sans succès.

— Les archives sont au premier étage, prévint Dumoncel, du moins si mes souvenirs sont exacts.

Ils s'engagèrent dans un escalier en colimaçon qui les conduisit dans un horrible débarras sentant le renfermé et bourré d'étagères contenant des classeurs de tout poil et de tout crin. L'inventaire commença. Dumoncel poussa un grognement de satisfaction. Il venait de mettre la main sur la bonne étagère. Effectivement, l'étiquette dorsale portait la mention "*REPONSES PETITES ANNONCES*".

Page par page, ils consultèrent les précieux registres. Ce fut au 3ème de la série qu'ils trouvèrent ce qu'ils cherchaient. La page de gauche contenait un simple feuillet dactylographié sur lequel était inscrit le texte découvert par Yvette dans le journal du matin. Le côté droit contenait une feuille blanche sur laquelle avait été griffonnée l'adresse du demandeur. Il s'agissait d'une simple boîte postale :

P.T.T. - B.P. N° 7 - GRANVILLE (50)

— Merde, jura Weber. Nous ne sommes pas plus avancés !

— Oui et non, remarqua Dumoncel. Notre découverte allonge l'enquête mais tous les espoirs sont encore permis. Ils rangèrent les classeurs et s'enfuirent comme des voleurs. Au retour à l'hôtel, deux heures plus tard, Weber trouva Yvette en train de faire des mots croisés.

— Je ne te savais pas cruciverbiste ?

— Je t'ai attendu, j'avais encore envie de toi ...

— Mais nous sommes le 21 septembre... Tu n'as pas peur d'un refus... de te retrouver, en chemise de nuit, la valise à la main à la porte de l'hôtel !!!

La jeune fille pour toute réponse agrippa Weber et se plaqua étroitement contre lui. Il éteignit la lampe et une folle nuit d'amour commença que troublait simplement le gémissement d'une hulotte perchée sur un toit voisin. Yvette sut instinctivement qu'elle avait gagné et que son Weber serait à elle pour toujours.

* * *
* *
*

Des coups timidement frappés à la porte, en fin de matinée, réveillèrent le couple tendrement enlacé.

— Entrez, cria Yvette en remontant pudiquement le drap sur sa gorge nue.

Faytout se profila dans l'entrebâillement.

— Je m'excuse, il y a un pépin !

— Quoi donc, questionna Weber inquiet ?

— Le gars Brulard m'a faussé compagnie, il y a un quart d'heure. En me levant, j'ai trouvé un mot sur la table de la salle à manger. Le voici :

"Je rejoins des amis à la pêche aux soles, à Annoville. Je viens de me souvenir que je leur avais promis. Difficile de faire faux-bond. Serai de retour vers 17 heures. Sois tranquille, je ne lâcherai pas d'une semelle la famille avec qui je suis !!!

Ton copain : Brulard.

— Merde, merde, merde ... laissa échapper Weber qui n'avait qu'une confiance mitigée dans la jugeote de Brulard.

— Une cervelle de petit oiseau, avait décrété Yvette qui ne se trompait que rarement dans ses jugements.

— Où est situé Annoville ?

— C'est un village qui est de l'autre côté de Lingreville, précisa Faytout qui se souvenait y être passé en marche de nuit.

— A quelle heure est la marée, s'inquiéta Weber ?

— D'après le calendrier de "Ouest-France", elle est basse à 14 h 30. Cela suppose que l'on commence à ratisser une heure avant, soit 13 h 30. La grève d'Annoville est vaste, prévint le jeune douanier, et il y a, au moins, dix sentiers différents menant à la plage.

— Garde tes sornettes pour un autre, râla Weber furieux et va au bar commander des sandwiches pour tout le monde, nous partons dans une heure.

Faytout se sauva, content de s'en tirer à si bon compte.

Yvette essaya de le calmer.

— Chéri, si Brulard ne quitte pas d'une semelle les gens qui l'ont invité à la pêche, il ne risque rien. Je suppose que la mort de Savery lui a ouvert les yeux sur le minimum de précautions à prendre. Il y a au moins un point commun entre tous les morts : c'est qu'ils ont été éliminés alors qu'ils se trouvaient seuls.

— Oui, c'est vrai, admit Weber, un peu plus rassuré, mais cela suppose qu'il tienne sa promesse et ne fasse pas cavalier seul.

— S'il est à Annoville, allons-y, nous le trouverons forcément, promit Yvette qui embrassa Weber peu habitué à ces démonstrations de tendresse.

A une heure, ils étaient tous les trois assis dans les dunes en train de surveiller l'arrivée des pêcheurs. La pêche à la sole, dans ce merveilleux petit coin de Normandie, remontait à la nuit des temps. Elle était l'apanage des villages situés entre Régnéville et Granville. Elle se pratiquait avec de lourds râteaux à douze dents que l'on tirait en marchant à reculons. Les soles, à marée descendante, restaient enfouies dans un ou deux centimètres de sable. Les dents du râteau, labourant le sable, les projetaient à la surface et il n'y avait plus qu'à les piquer avec un diguet à pointe acérée. Une seule condition : il fallait des vents favorables, ce qui n'était pas toujours le cas.

Les vieux racontaient qu'autrefois l'on venait pêcher avec une herse tirée par un âne. Il y avait eu tellement de "prises" que l'inscription maritime y avait rapidement mis le holà, la sole devenant de plus en plus en rare.

Les menues silhouettes débouchaient de tous les sentiers, portant leurs hottes et leurs lourds râteaux. La mer découvrait à environ deux kilomètres. Au loin, les premiers affleurements du rocher de "Mien" commençaient à se franger d'écume. C'était là que se déroulaient généralement les plus belles captures. Mais il y avait une heure de marche à pied pour se rendre sur les lieux de pêche et autant pour revenir. Cela signifiait qu'il y avait, à peine, une demi-heure de pêche. Et gare aux traînards ! Nombreuses étaient les familles qui avaient perdu l'un des leurs parce qu'il avait trop traîné à capturer une sole récalcitrante.

La marée montante revenait au galop d'un cheval, comme l'affirmait la sagesse populaire et c'était la stricte vérité.

Il y avait déjà une centaine de râteaux qui convergeaient vers le rivage. Chacun avait son petit coin secret, jalousement gardé. Mais de Brulard, point question ! Trois paires d'yeux étaient fixées sur tous les "Pequous" mais en vain. La silhouette aisément reconnaissable du jeune granvillais était absente du rendez-vous de la grande marée d'équinoxe.

Un tracteur, tirant une remorque, en limite de Lingreville, se profila à l'horizon. Il était chargé de casiers à homard vides. Il y avait plusieurs femmes dans la remorque, sembla-t-il au trio.

— Elles ont de la veine, plaisanta Faytout, cela leur évite un long trajet à pied.

— Le M.L.F. a gagné, même en Normandie, glissa Yvette perfide.

Sur la droite, un bruit de pétarade attira leur attention. Une moto débouchait des dunes et s'engageait sur la grève, en direction du large. Le conducteur, en ciré et culottes de plastique jaune, avait fixé son râteau sur le porte-bagages.

— Il est fou, estima Weber qui était un fana

de moto, il va bousiller son moteur !

— Tant mieux, ricana Faytout, une japonaise de moins !

Yvette rit de bon coeur, amusée par la réflexion. Le nationalisme ombrageux du douanier se rebellait lorsqu'il constatait l'envahissement progressif du marché français par les produits étrangers. La moto n'était déjà plus qu'un point à l'horizon.

— Il va faire fuir les homards, constata Weber.

En effet, la moto convergeait insensiblement vers le tracteur qui, lui aussi, n'était plus qu'un petit point mobile qui se confondait avec les rochers qui étaient en train de découvrir.

Yvette sortit les sandwichs et tous trois se mirent à dévorer à belles dents, la faim aiguisée par le vent du large.

La pêche battait son plein. La longue file de râteaux reculait, pas à pas.

A voir les dos qui se baissaient régulièrement, le poisson devait être abondant. Les vents n'étaient pas d'amont. Toutes les conditions étaient remplies pour revenir les musettes chargées de ce succulent poisson qu'était la sole. Frite, bouillie, au gratin, elle était le plat d'honneur de toutes les chaumières de la côte. La moto eut des ratés. Le moteur toussa puis finalement s'arrêta. L'homme au ciré jaune vociféra une bordée d'injures à l'attention de sa monture.

Puis, calmement, il ouvrit le coffre à outils et démonta les bougies qu'il nettoya avec minutie, en les essuyant avec un chiffon de laine qu'il venait de tirer d'un sac en plastique.

Satisfait de son travail, il les remit en place et referma sa boîte à outils.

Il mit le contact et appuya sur le démarreur. Le moteur, après une longue hésitation, toussota, cracha et consentit à tourner. L'inconnu enfourcha sa moto et mit le cap vers le tracteur qui s'était arrêté à environ 500 mètres de la ligne d'eau. L'homme en ciré roula encore 300 mètres et stoppa sa "bécane". Il détacha le râteau et commença à pêcher, les yeux rivés sur le tracteur.

Le mareyeur mit son "David-Brown" au point mort et commença à saisir dans la remorque les casiers à homard qui y étaient entassés. Il les attacha, les uns après les autres, à des gueuses de fonte gisant sur le sable. Les femmes étaient descendues et un jeune garçon les aidait à récupérer leurs râteaux.

— Trente minutes, pas plus, avait lancé l'homme qui conduisait le tracteur. Rendez-vous ici-même. Pendant ce temps, je vais aux pouparts sur le rocher.

Chacun s'égaillait à droite et à gauche. L'homme au ciré jaune, lentement, irrésistiblement, se rapprochait du tracteur. Deux ou trois soles avaient déjà été levées, il ne s'était guère préoccupé de les poursuivre avec son diguet. Une seule chose lui importait : le tracteur. Il n'en était plus qu'à quelques mètres. Pas à pas, il convergeait vers la remorque. Le pêcheur de crabes lui tournait le dos, fouillant la roche avec son grattoir.

Certain de ne pas être surpris, l'homme à la moto bondit vers le tracteur. Il sortit un sécateur de sa poche et sectionna les câbles reliant les bougies au système d'allumage.

Après un dernier regard à la silhouette penchée sur les rochers, il remit le sécateur dans la poche du ciré et se saisit du râteau tombé à terre. D'un pas assuré et tranquille, il regagna sa moto. Cette dernière escaladait bientôt les dunes et disparaissait derrière les oyats.

— Oh, les femmes ! Il est temps de rentrer, la marée remonte. Je ne tiens pas à être coincé par le flot. Déjà tous les râteaux reprenaient le chemin du retour. Seuls les tracteurs pouvaient se permettre le luxe d'effectuer une pêche plus longue.

Le père Touzet compta les femmes, elles étaient toutes là comparant leur pêche.

— Et toi, le môme Brulard, tu as combien de soles ?

— Peut-être un kilo. En tout cas, j'en ai une belle que j'ai prise dans les rochers. Elle fait au moins 500 grammes.

— C'est ta fiancée qui va te la cuire, ajouta malicieusement le pêcheur normand, car ta mère n'est pas encore rentrée que je sache. Je serais curieux de voir comment tu vas t'y prendre ?

Brulard sourit.

— Ne vous inquiétez pas, à la caserne l'on m'a tout appris, rétorqua-t-il avec un clin d'oeil coquin en direction des femmes.

— T'as pas attendu la caserne, répliqua l'une d'elles !!

— En route, lança le père Touzet qui venait de se hisser sur le siège du David-Brown.

Il mit le contact et tourna la clef. Un silence de mort fut la seule réponse à la tentative de mise en route.

Etonné, le père Touzet essaya à nouveau. A chaque tentative, c'était le même échec.

— Merde, gémit-il, nous voilà frais. La batterie est à plat. Je l'ai pourtant donnée à recharger la semaine dernière.

— Vite les femmes, fichez le camp. Laissez là vos râteaux, vous avez juste le temps de regagner la rive. Toi, Brulard, reste avec moi, nous allons tenter de pousser le tracteur pour le faire démarrer.

Les femmes s'enfuirent lestement. Brulard détacha la remorque et se posta à l'arrière du tracteur.

— Vas-y, petit, pousse, hurla le mareyeur.

Pas même une pétarade. Le moteur restait étrangement silencieux. Déjà la mer venait lécher les roues du tracteur. Le père Touzet, à tout hasard, souleva le capot, un simple coup d'oeil le rassura. Tout semblait normal. Un caprice, probable !

— Voulez-vous que j'essaye, proposa Brulard qui s'assit d'autorité sur le siège en tirant le démarreur.

Le moteur ne voulut rien savoir. Brulard s'aperçut que la mer était déjà au niveau du moyeu. Si le tracteur ne démarrait pas dans les deux minutes qui suivaient, jamais ils ne pourraient rejoindre le rivage, même à pied. La sueur inonda son visage. Il prit la décision de faire le tour du tracteur.

— J'ai trouvé, hoqueta-t-il, livide. Quelqu'un a coupé les fils de bougies.

Il réalisa sur le champ : l'assassin venait de signer son avant dernier crime. Brulard ne savait pas nager, ce n'était un secret pour personne à la caserne et le criminel n'ignorait pas ce détail.

— Avez-vous du chatterton, père Touzet, implora-t-il ?

— Je ne sais pas. Regarde à tout hasard dans la boîte à gants.

Brulard bondit, fureta en vain. Pas trace d'adhésif.

— Nous sommes fichus, sanglota le mareyeur. Adieu, petit, essayons d'atteindre les dunes à la nage.

L'eau commençait à recouvrir le moteur. Il restait une petite chance : que les femmes donnent l'alerte. L'hélicoptère de la protection civile avait déjà sauvé des centaines d'estivants, imprudemment attardés. C'était bien leur seul espoir. Il le dit au père Touzet.

— Puisses-tu dire vrai, mon gars.

Il tourna son regard vers la plage. Des points noirs, là-bas, couraient, les femmes certainement.

— Pourvu qu'elles arrivent à temps !

Le garçon se mit à brasser l'eau pour se réchauffer en attendant l'hypothétique secours. Le père Touzet nageait. Il avait déjà parcouru deux cents mètres. Brulard décida de faire la planche. Il avait maintenant l'eau au cou. Il battit des pieds et chercha la meilleure position. Il avalait de l'eau salée qui, petit à petit, envahissait ses poumons. Il vomit et perdit connaissance. Et c'est un cadavre que la mer rejeta sur le rivage, le lendemain, aux premières heures de la matinée.

CHAPITRE VII

Faytout avait indiqué à ses amis un étrange phénomène : un groupe de quatre femmes regagnait les dunes en courant.

— Elles ont dû oublier le lait sur le feu, plaisanta Yvette.

Et personne n'avait plus parlé de cet incident. C'est le lendemain matin, en plongeant le nez dans "Ouest-France" que Weber découvrit l'incident. En première page, un grand titre accrochait la vue :

DRAME DE LA MAREE A ANNOVILLE

Weber lut avidement l'article. Il eut un haut le corps en lisant le nom de la victime : Emile

Brulard, le fils du restaurateur, bien connu, du Port de Granville. Le journaliste mentionnait que le tracteur s'était attardé et avait été surpris par la marée montante. Les femmes s'en étaient sorties de justesse et le père Touzet avait été sauvé "in extremis", sans force, à 400 mètres du rivage, par l'hélicoptère de la protection civile alertée.

Quant au corps du jeune Brulard, il n'avait pas encore été retrouvé à l'heure où était bouclé le journal.

Weber sut, à cet instant précis, que l'assassin avait encore frappé. Il ne croyait pas un mot du récit du journaliste et prit la décision de faire un saut jusqu'à l'hôpital pour rendre visite au père Touzet.

Il eut beau se remémorer l'après-midi dans les dunes, rien de saillant ne l'avait intrigué. Il s'en voulait de ne pas avoir songé un instant que Brulard pouvait se trouver assis dans la remorque tirée par le tracteur, masqué vraisemblablement par les femmes. Les "râteaux" qui avaient défilé devant eux au retour de la marée, étaient tous des gars du pays. Aucun ne possédait un profil d'assassin. Weber était perplexe.

Il passa un coup de fil à Yvette, l'avertissant de sa visite à l'hôpital, et partit à pied. L'infirmière-chef lui demanda s'il était de la famille.

— Oui, mentit-il effrontément.

— Alors, juste une minute car il est encore un peu choqué.

—Chambre 23, indiqua la religieuse qui passait dans le couloir.

Weber frappa et pénétra dans la petite chambre. Il reconnut le visage reproduit dans "Ouest-France". Un peu gêné aux entournures, il sortit sa carte tricolore.

— Police, martela-t-il. Je ne désire savoir qu'une chose, père Touzet, la nature de la panne de votre tracteur.

Si je connaissais le saligaud qui a sectionné le fil de mes bougies, je lui ferais la peau, articula péniblement le mareyeur.

— Vous êtes certain de ce que vous affirmez ?

— Oui, c'est le petit Brulard qui a découvert la saloperie, les fils étaient coupés. Impossible de redémarrer.

— Et vous n'avez vu personne ?

— Non, j'étais occupé aux crabes.

— Ce ne peut être qu'un "râteau". En avez-vous vu passer à proximité du tracteur ?

— Bien sûr, des dizaines.

La porte s'ouvrit et la brave soeur intima l'ordre à Weber de déguerpir, ce qu'il fit sans demander son reste.

Sur le pas de la porte, une voix connue le héla. — Alors, la grande triche ! L'on se fait passer pour la famille !

Weber se retourna. Dumoncel sortait du bureau du directeur de l'hôpital.

— Salut, sale affaire ! L'assassin vient encore de frapper. Cette fois-ci, il n'y a plus qu'un seul survivant, le petit Faytout, il ne le lâchera pas, que ce soit à Paris ou ici. Et toi, où en es-tu dans ton enquête ?

— J'avance petit à petit. Je viens de recevoir la liste des R20 Renault de la région, expédiée par la préfecture de Saint-Lô. Je n'y ai pas encore mis le nez mais, si le coeur t'en dit, viens au bureau avec moi, nous y glisserons un oeil.

— Bien volontiers.

Les deux policiers prirent la direction du commissariat. Dumoncel poussa la porte de son bureau et étala les feuillets contenus dans une enveloppe timbrée au sceau de la préfecture.

Il y avait une centaine de véhicules répondant aux caractéristiques demandées.

— C'est mieux que rien car le suspect s'y trouve, s'enhardit Weber qui reprenait espoir.

— Y-a-t-il des militaires dans le lot, quémanda le douanier.

Dumoncel parcourut rapidement la liste.

— Oui, sept. Ce sont tous des officiers et sous-officiers du 1er R.I.MA. Je les ai fait mettre sous surveillance téléphonique et l'un de mes hommes, en qui j'ai confiance pour ce genre de mission, ne les lâchera pas d'une semelle. Ce n'est plus qu'une question de jours. Tu peux me croire.

— Puisses-tu avoir raison, grand Sachem, soupira Weber qui ne partageait pas tout à fait l'optimisme de son collègue de la police.

— Tu as tort, rétorqua Dumoncel devant la grise mine de son ami. Nous avons un autre atout de première pour flanquer la main au collet de l'assassin !

— Que veux-tu dire par là ?

— Tu sembles oublier qu'il nous reste une petite vérification à effectuer ...

— Bon sang ! que je suis bête ... la boîte postale !

— Je n'irai pas jusqu'à là, plaisanta Dumoncel. Nous pourrions y faire un saut maintenant.

Weber donna son accord. La poste de Granville se trouvait sur le Cours Jonville.

Une étrange émotion noua la gorge des deux hommes lorsqu'ils poussèrent le battant de la porte de la recette postale. Une file de redevables s'allongeait, impressionnante, devant chaque guichet. Les demandes de Plan Epargne-

Logement, les timbres, le dépôt d'argent sur le Livret A, tous avaient de bonnes raisons de se trouver là, ce qui n'arrangeait pas nos deux gaillards.

Dumoncel réagit rapidement lorsqu'il entrevit la receveuse des postes qui passait dans l'arrière salle. Il fit tournoyer sa carte de police et lui fit un petit signe du doigt.

La femme, interloquée et surprise, s'approcha.

— Police, annonça Dumoncel, pourriez-vous, s'il vous plaît, madame, nous recevoir mon collègue et moi-même.

— Encore une affaire de drogue, pensa la préposée aux postes. Jusqu'ici la police n'était venue que pour cela.

Les lettres envoyées de Thaïlande ou de Birmanie renfermaient souvent trois ou quatre grammes d'héroïne dissimulés dans le courrier. Les chiens de la Douane, au centre de tri de Saint-Lazare, à Paris, ne laissaient jamais échapper leur proie et la police locale, à l'arrivée, n'avait plus qu'à cueillir les destinataires.

— Entrez, dit-elle, en s'effaçant.

— Je ne viens pas pour une affaire de drogue, comme la dernière fois, prévint Dumoncel. C'est beaucoup plus grave que vous ne l'imaginez. Je souhaiterais tout simplement que vous me rendiez un petit service.

— Oui, si je le peux ...

— Voilà, je voudrais l'adresse de l'un des habitants de Granville qui se fait envoyer du courrier à l'une de vos boîtes postales.

— Vous avez le numéro de la boîte ?

— Le numéro 7, je crois.

— Je vais voir, dit la receveuse en se levant.

Quelques minutes plus tard, elle revint avec un fichier en métal et se mit à le compulser calmement, ce qui eut le don d'énerver Weber qui subodorait une mesquine taquinerie de la postière.

Le 7, dites-vous ?

— Oui, confirma Dumoncel dont les yeux se mirent à briller.

— C'est un militaire de la caserne et non pas un habitant de Granville comme vous le supposiez.

— Vous avez le nom ?

— Oui, bien sûr. Le règlement est formel. Il faut donner ses nom et adresse lors de la demande.

La femme tendit la fiche à Dumoncel qui, à la lecture de ce qu'il découvrait, resta aphone :

Soldat Hortoul
Caserne du Roc

Le premier, Weber réagit.

— C'est impossible, appuya-t-il, le soldat Hortoul est décédé, il y a quinze jours.

— Vous m'étonnez, cher monsieur, car il est venu hier au soir, si ma mémoire est exacte, retirer une lettre.

— Vous exigez une pièce d'identité ?

— Sans carte, nous ne délivrons pas le courrier.

— Je puis téléphoner, madame, implora Dumoncel, en se levant.

— Allez-y, le téléphone est sur le bureau.

Dumoncel décrocha et composa le numéro du commissariat.

— Mauduit, ordonna l'inspecteur, regarde dans le clapet des "*Noyés*" et vérifie, s'il te plaît, que dans les papiers récupérés sur le corps d'Hortoul, dans le port de plaisance, il y avait bien sa carte d'identité ou son permis de conduire.

La réponse vint rapidement.

— Désolé, chef, annonça la voix lointaine, il n'y avait aucun papier d'identité.

Dumoncel raccrocha.

— L'assassin les a dérobés et s'en sert pour venir récupérer son courrier. En procédant de la sorte, il coupe toute piste éventuelle ce qui lui permet de prendre le large, en cas d'alerte. Par contre, grogna Dumoncel à l'intention de la receveuse, vous pourriez exiger de vos employés qu'ils soient plus "fufutes". La photo de la carte d'identité d'Hortoul ne peut être vieille et il y a fort à parier qu'elle ne ressemble pas au visage de l'inconnu qui se présente à vos guichets.

La receveuse promit de sermonner son monde. Les policiers se levèrent et prirent congé.

— Oh, un dernier mot, ne donnez pas l'alerte. Si le quidam se pointe à nouveau, donnez-lui son courrier comme si de rien n'était ...

— Bien, inspecteur, marmonna la femme qui ne comprenait plus très bien.

— Viens déjeuner à l'hôtel avec nous, tu es mon invité, proposa Weber.

Dumoncel accepta avec plaisir. Dans la salle à manger de l'hôtel, ils rejoignirent Yvette et Faytout qui devisaient comme deux vieux amis et qui avaient déjà avalé leurs bouquets. Weber fronça les sourcils.

— Vous auriez pu nous attendre ...

— Mon petit ami, répliqua sévèrement Yvette, il te faudra te faire violence et t'habituer dorénavant à déjeuner à l'heure. Midi n'a jamais été treize heures que je sache !

Dumoncel pouffa.

— Eh bé, elle te dresse les puces ta cavale !

Le déjeuner se déroula le plus plaisamment du monde. Une sole au gratin, arrosée du cidre bouché traditionnel, rappela au petit groupe le drame de la veille.

— J'ai réfléchi au problème, je ne vois qu'une éventualité, précisa Yvette.

— Ah ...

— La moto japonaise ! Souvenez-vous. Elle a pris la direction du tracteur.

— ... et puis, surenchérit Faytout, son conducteur était revêtu d'un ciré et d'un chapeau en plastique qui lui mangeait tout le visage. Nous n'avons même pas pu discerner si c'était un jeune ou un vieux ... Sans compter qu'en cas de pépin, il prenait l'avantage sur la meute des poursuivants.

— Bien raisonné, jugea Weber qui raconta alors la découverte effectuée à la poste de Granville : l'assassin se servait des papiers d'Hortoul pour venir chercher ses missives.

— ... ses missives ... ses missives ! Oui, Eurêka ! hurla Yvette, au comble de l'excitation. J'ai trouvé la solution finale, mes agneaux. Vous pouvez le coincer quand vous voulez, jeta-t-elle aux deux hommes qui se demandaient si la jeune fille n'était pas folle à lier.

C'est tellement simple que je n'ose pas le dire ...

— Je languis, avoua Dumoncel. Vite, ne me torturez plus.

Les trois visages scrutaient anxieusement Yvette.

— Je vous engage à écrire à votre assassin pour lui signifier que vous êtes acheteurs d'objets précieux du XVIII e siècle. Il ne pourra faire autrement que de se déplacer pour présenter une partie de la marchandise et discuter du prix ! N'est-ce pas simple, enfantin et plein de bon sens ?

Les trois hommes se regardèrent vexés. Mais oui, effectivement, la solution était là. Comment n'y avaient-ils pas pensé plus vite ?

— Il y a un hic, poursuivit Weber. Il nous faut un domicile fixe. Cela endormira sa méfiance. En louant un logement pour 15 jours, nous aurons l'air de véritables vacanciers. Pendant ce temps, Faytout séjournera à l'hôtel à notre place. Ici, perdu dans la masse des allées et venues, il ne risque pratiquement rien.

Restait à trouver une location pour 15 jours !

— Je vais téléphoner à mon ami Thouroude de l'Agence Verte, il va nous sortir ce que nous cherchons de sous le boisseau.

Dumoncel se dirigea vers la cabine qui était

au fond du restaurant. Il revint le sourire aux lèvres.

— Affaire réglée. Vous emménagez, cet après-midi, à 16 heures. Les voisins ont la clef et vous la remettront. Il n'y avait qu'une location de libre, une veine, à Lingreville, dans le bourg. Rien d'autre. La saison est terminée. Vous n'aviez pas le choix. C'est un retraité qui loue à la quinzaine. Vous demanderez la maison de Monsieur Hebert.

Yvette, pendant toute cette conversation, avait sorti son stylo et écrivait sur un coin de la nappe en papier qu'elle avait déchirée.

— J'ai rédigé la lettre à envoyer au pseudo-Hortoul et vous propose d'écouter religieusement ma mouture.

Weber, en son for intérieur, admira la jeune fille. Quelle compagne merveilleuse se révélait-elle au fil des jours.

Lingreville, le 22.9.

Monsieur

En villégiature, avec ma femme, dans la région granvillaise, j'effectue pour le C.N.R.S. une étude sur l'art roman en Normandie. Je possède, d'autre part, une collection privée d'objets usuels et sacrés des XVII ^e^ et XVIII ^e^ siècles. Je suis donc intéressé par l'achat de toute pièce rare de l'époque précitée.

Je ne bougerai pas le 26 septembre, espérant votre visite.

En vous priant de recevoir, Monsieur, l'assurance de mes meilleurs sentiments.

Michel Weber
c/° M. L. Hebert
Bourg de Lingreville

— Parfait, reconnut Dumoncel.

— C'est vite dit, vociféra Weber.

— Quelle mouche te pique, s'inquiéta Faytout.

— ... en villégiature, avec ma femme ... Je n'ai rien promis, râla l'éternel Don Juan.

— Si cela te chiffonne, je raye, consentit Yvette.

Elle dévisagea Weber qui, mal à l'aise, finit par laisser tomber : "Si cela te fait plaisir ...".

Dumoncel s'empara du papier.

— Je le fais taper immédiatement au commissariat et envoyer à "Ouest-France", car n'oubliez pas que la réponse doit parvenir par leur canal. Le 26 septembre est une bonne date. Cela va nous permettre de continuer patiemment l'enquête et d'accumuler les indices accusateurs.

Dumoncel se sauva.

Yvette monta faire les valises, tandis que Weber accompagnait Faytout chez les parents du malheureux Brulard afin d'y récupérer ses bagages. Pendant le trajet, le jeune douanier fit à son ami le récit complet de la découverte du trésor et lui révéla l'emplacement exact de la cachette.

— Tu ferais mieux, demain, d'aller faire une déclaration à la police. Tu expliqueras que tu as tardé à cause de la mort de tes copains qui t'a un peu secoué. N'oublie pas, c'est important pour la suite de ta carrière. Tu es fonctionnaire et tu dois avoir une conduite irréprochable.

Yvette les attendait sur les marches de l'hôtel. Un groom avait chargé la voiture. Faytout descendit et le couple prit le chemin de Lingreville.

La bourgade se trouvait à l'intérieur des terres, à mi-chemin de la route Bréhal-Coutances. Les voisins de la maison louée avaient déjà été prévenus par l'agence. Les clefs furent remises au couple d'estivants sans l'ombre d'un problème.

— Je viens écrire une série d'articles sur l'art roman en Normandie, avait prévenu Weber à la cantonade.

L'épicier, le boucher, le cafetier, tous eurent droit au même refrain, Weber se doutant bien que l'assassin viendrait renifler dans le coin avant de proposer ses ciboires. Autant mettre tous les atouts de son côté. La maison était située sur la place même du village et Yvette avait découvert avec plaisir qu'il y avait le tout-à-l'égout. Le gaz butane permettait de faire la cuisine sans trop d'ennuis.

— Quelle tranquillité, dit joyeusement Yvette qui commençait à régner sur son royaume.

Le carillon d'une vieille horloge égrena ses coups.

— Va me chercher des pommes de terre au jardin, en face, demanda Yvette. Le propriétaire est d'accord pour que nous pillions son potager.

Weber ne se le fit pas dire deux fois.

* * *
* *
*

Trois jours plus tard, une surprise attendait le couple qui revenait de chercher du lait frais d'une ferme voisine. Une lettre avait été glissée sous la porte par le facteur. Le coeur battant, ils l'ouvrirent. Le vélin ne contenait que quelques mots.

Granville, le 24 septembre

Monsieur,

J'ai bien reçu votre lettre qui a retenu toute mon attention. Je passerai vous rendre visite le 26 septembre, dans l'après-midi, comme vous me l'avez aimablement proposé. Je ne doute pas un seul instant que vous ne soyez intéressé par les objets de ma collection personnelle dont je désire me séparer pour des raisons financières.

En vous priant de recevoir mes salutations distinguées.

La signature était illisible. Le criminel était malin. Ce simple détail prouvait à l'évidence qu'il prendrait ses précautions et qu'il fallait bien monter l'opération.

Ce soir, Dumoncel et Faytout allaient rappliquer. Yvette était allée à la poste et leur avait téléphoné de venir goûter à une fricassée de poulet normand dont ils se régaleraient. Leur venue tombait à pic. Il leur serait loisible d'organiser en détail l'embuscade. A 19 heures, les deux granvillais débarquaient. Ils rangèrent la voiture de Dumoncel loin de la maison, à l'abri des regards indiscrets, derrière le monument aux morts. Il était préférable d'être prudent. Yvette ferma tous les volets du rez-de-chaussée. Aucun petit curieux ne pourrait discerner ce qui se passerait dans la vieille bâtisse. Le repas fut joyeux, chacun faisant honneur aux qualités de cordon bleu d'Yvette.

— Quelle maîtresse femme, répétait inlassablement Weber, définitivement conquis.

Au dessert, de succulentes torquettes frites, Dumoncel tapa sur son verre avec le couteau.

— J'ai un certain nombre d'informations nouvelles à vous communiquer.

Tous se turent.

— Tout d'abord, mes gars ont découvert un témoin dans l'affaire Tonard : un braconnier, qui revenait du marais où il avait tendu des collets à garenne, a entendu le choc du véhicule sur le corps. Il est affirmatif : il a aperçu, un peu avant, une R20 sur le chemin. Ensuite, j'ai procédé à une enquête chez les divers antiquaires du coin. Un homme, d'une quarantaine d'années, est venu leur proposer de la vaisselle de platine du XVIIIe siècle. Mais, rendus méfiants par tous les vols récents commis dans les châteaux du bocage environnant, ils avaient refusé la transaction.

— Une conclusion s'impose donc : notre bonhomme va mordre à l'hameçon car il a du mal à vendre le trésor. S'il faut trouver un pigeon, il sautera sur l'occasion.

— Je vous signale que le 26 septembre c'est demain, déclara Yvette qui avait les pieds sur terre.

— Elle a raison, surenchérit Dumoncel beau joueur.

Tous les quatre mirent au point, jusque tard dans la nuit, un plan méticuleux qui ne devait laisser aucune chance à l'homme de la R20. L'hallali avait sonné. Faytout se reprit à espérer.

* * *

* *

*

Le lendemain midi, Yvette avait rapidement expédié la vaisselle, légèrement inquiète tout de même. Le plan mis au point était simple. Il n'y avait que trois voies d'accès à la bourgade. L'une par Quettreville/Sienne, l'autre par

Montmartin et la dernière par Bréhal.

L'inspecteur Dumoncel avait fignolé tous les détails mis au point la veille. Trois voitures de police banalisées bloqueraient, éventuellement, les trois accès du village, empêchant la fuite de l'assassin présumé. La brigade de gendarmerie de chacun des villages voisins avait fourni le véhicule avec quatre hommes à bord. Les voitures se trouvaient cachées dans un champ bordant les routes avec un dégagement suffisant pour que les guetteurs, cachés dans les haies, puissent signaler l'approche de la R20, en fuite, dans le cas bien improbable où l'affaire aurait tourné au vinaigre dans la vieille bâtisse normande.

Dumoncel avait fourni des armes à Yvette et à Faytout et les trois mousquetaires attendaient, tapis au premier étage, prêts à intervenir au cas où Weber ne serait pas maître de la situation. L'inspecteur des Douanes attendait, renversé dans une bergère de la salle à manger, lisant un vieux livre de bandes dessinées allemandes trouvé dans un placard et qui datait probablement de l'Occupation. L'horloge de l'église tinta quatre coups.

— 16 heures. Il viendra jamais, râla Weber.

Il dressa l'oreille. Un bruit de moteur se faisait entendre du côté de la route de Quettreville.

Non ! Une 205 Peugeot, ce n'est pas encore lui. Il connaissait bien le bruit de la R20. Pas question de se tromper. 17 heures venaient de sonner à l'église, lorsque plusieurs coups furent frappés à la porte de la cuisine. Anxieux et cachant son trouble, il se leva et, le plus calmement possible, s'en fut ouvrir.

— Monsieur Weber, articula lentement l'homme qui se tenait devant lui ?

— Oui.

— Puis-je entrer, je viens suite à l'annonce ?

— Venez, dit Weber, qui le précéda dans la salle à manger.

L'homme, la quarantaine environ, au visage dur et ridé, l'impressionna désagréablement.

— Un fou, supputa Weber qui, machinalement, tâta son Smith et Wesson enfoui dans la poche de sa veste.

— Votre dame n'est pas là ?

Weber, surpris par l'attaque, hésita un moment.

— Non, finit-il par lâcher, elle est partie chercher des oeufs dans une ferme voisine.

— Vous avez bien raison. Les produits naturels et frais nous réconcilient avec la vie.

L'inconnu posa une lourde serviette sur la table.

— Asseyez-vous, dit Weber en indiquant

une chaise.

— Voici les objets en question. Ce sont des assiettes en or et des ciboires ornés d'émeraudes. Je les ai expertisés. Ils datent d'environ 1710-1720. Comme je vous l'ai écrit, j'ai des ennuis et je suis obligé de réaliser, sur-le-champ, une partie de ma collection pour payer les fredaines de ma femme.

— Ah, les femmes, lâcha Weber, sans trop s'aventurer en terrain découvert !

— Ce ne sont que des échantillons. Lorsque nous serons tombés d'accord, je vous apporterai le reste ... affirma le pseudo collectionneur. J'ai notamment un service de table identique de quarante-quatre pièces. Sa valeur n'a pas de prix. Je vous le laisse pour 200.000 francs.

Weber fit la grimace.

— 200.000 francs, vous n'y pensez pas ! Je ne suis qu'un modeste chercheur au C.N.R.S. et je ne dispose pas de la fortune de Rothschild. C'est trop ...

— 100.000, alors ?

Weber sentit, confusément, qu'il devait lâcher du lest s'il voulait ne pas trop brusquer les choses.

— 100.000, c'est vraiment un maximum.

— C'est mon dernier prix, prévint l'inconnu qui, instinctivement, avait compris qu'il venait de ferrer le poisson.

Mettant sa menace voilée à exécution, il se leva.

— D'accord, jeta Weber qui tentait de gagner quelques précieuses minutes. Vous m'apportez votre service, samedi soir. Si vous voulez, nous pourrions, ma femme et moi, vous inviter à souper. Elle serait ravie. Je vous remettrai le chèque au dessert. Est-ce que cela vous agrée ?

L'autre hésita. Il craignait visiblement une entourloupe de dernière heure. Mais l'appât du gain l'emporta et il donna son accord. C'est alors que l'incident eut lieu. Au-dessus, au 1er étage, un objet tomba et roula sur le plancher. L'assassin surpris leva la tête puis, comprenant à la mimique terrorisée de Weber qu'un danger le menaçait, bondit vers la porte et gagna la rue. Weber n'eut même pas le temps de dégainer. La porte s'était refermée brutalement. Il vit disparaître la silhouette dans un champ de maïs ensilé, derrière le cimetière. Hélant le reste de la bande, ils s'élancèrent à la poursuite du fuyard. Un bruit de moto dans un chemin encaissé qui longeait le pré les renseigna sur leur échec. L'homme était rusé. Il avait dédaigné la R20 pour la moto ce qui lui avait permis de s'enfuir par des petits chemins de campagne et de délaisser les routes principales où il risquait de tomber sur un barrage de police.

Ils revinrent la tête basse comprenant que cette fois-ci tout était fini et qu'ils ne retrouveraient jamais l'assassin.

— Qu'est-ce qui s'est passé là-haut ? Je veux la vérité, éructa Weber.

Dumoncel, contrit, révéla que la boule de l'accoudoir de son fauteuil, probablement mal vissée, était tombée à terre.

— C'est malin !

— Bah, dit Yvette, ne nous laissons pas abattre, rien n'est fichu.

— C'est ton avis et pas le mien, répliqua Weber amer.

— Discutons-en, à tête reposée. Allez, je vais ouvrir une bouteille de cidre bouché, cela nous remettra de nos émotions et, en prime, vous aurez de bonnes idées.

Ils s'installèrent à la cuisine où Yvette leur servit le précieux breuvage normand.

— Il nous reste une dernière chance, affirma la jeune femme.

Tous trois la regardaient, attendant la clef de l'énigme.

— Vous ne connaissez pas la ruse fameuse du chasseur de loup attachant la blanche chèvre à un piquet, tandis qu'il est caché avec sa pétoire dans un fourré attendant l'immonde bête ?

Les hommes la regardèrent intrigués.

— Cela veut dire quoi, en clair ?

— Tout simplement que notre excellent et cher ami Faytout, la prochaine et dernière victime toute désignée, se doit de jouer le rôle de la chèvre, en espérant que vous serez assez malins, du moins je l'espère, pour attraper le loup !!!

* * *
* *
*

— Je suis d'accord sur le projet d'Yvette, annonça Faytout qui avait un petit faible pour la compagne de Weber et qui aurait fait n'importe quoi pour lui faire plaisir.

— Quel est ton plan, chérie, balbutia Weber incrédule ?

— A mon avis, à mon humble avis, répéta Yvette, il faut que l'on rencontre très souvent en ville, dès demain, votre collègue. L'assassin doit découvrir qu'il est revenu à Granville. A nous donc de l'obliger à commettre son dernier crime. Cela doit être tentant pour lui de penser que, Faytout disparu, il sera à tout jamais insoupçonnable. Le crime parfait, en quelque sorte, l'élimination du dernier indice.

— Oui, confirma Dumoncel, mais nous ne saurons pas où il va frapper et je ne dispose pas d'un bataillon assez important de flics pour le suivre pas à pas, ce qui, de plus, éveillerait les soupçons du chauffeur de la R20.

— Exact, corrigea Yvette, mais c'est à nous de lui faire commettre le crime où nous l'avons décidé.

— C'est-à-dire, haleta Weber, médusé par la prodigieuse intelligence de sa compagne ?

Tout bêtement dans les dunes, près du trou au trésor. Le stratagème est simple. Nous allons demander à notre ami d'aller louer, au vu et au su de tous, une camionnette. Il circulera dans Granville avec celle-ci. Nul doute que notre criminel ne l'aperçoive. Et qu'en conclura-t-il ? Qu'il a l'intention de déménager le magot, la nuit suivante. Je vous fiche mon billet qu'il ne raisonnera pas autrement.

Dumoncel se mordillait les ongles, les nerfs à vif.

— C'est parfait. Je n'aurais pas imaginé mieux !

Faytout avait exécuté à la lettre le plan proposé par Yvette. Il s'était donc baladé dans toute la ville, comme convenu, procédant à de multiples achats. Il s'était même payé le luxe de se rendre, sur les conseils de Weber, à la caserne pour saluer les copains qui n'avaient pas encore la "quille".

— Toujours à Granville, lui avait demandé le lieutenant Grimaud croisé dans la cour ?

— Oui, j'ai trouvé un emploi aux "Biscottes Magdeleine", mentit-il, et je commence le boulot au 1er octobre.

Puis, il était redescendu dans la basse ville où il avait loué comme prévu une fourgonnette Peugeot pour 48 heures. Dumoncel était intervenu pour que le garagiste ne prît pas de caution. Il avait, ensuite, fait un tour puis s'était rendu à la gare où il avait acheté "Week-end" de façon à préparer tranquillement son quarté au café P.M.U. le plus proche, le "Val aux Fleurs", l'endroit le plus en vue de la ville. A 19 heures, il avait rangé la Peugeot sur le "Plat-Gousset" et était parti dîner le plus flegmatiquement du monde. L'approche du danger et la certitude de démasquer l'assassin lui donnèrent courage et détermination. Il ingurgita une omelette aux crevettes et une demi-bouteille de Beaujolais.

— Mazette ! Tu ne te refuses rien ! Dumoncel et Weber venaient d'entrer dans la salle à manger de l'hôtel.

— Yvette n'est pas là, maugréa Faytout en

découvrant l'absence de la jeune fille ?

— Ce n'est pas une excursion pour dame rangée, répliqua sèchement Weber qui n'appréciait pas l'intérêt que portait le jeune garçon à son égérie. Les femmes c'est bon pour le lit et la casserole, affirma-t-il hargneux.

Faytout se tut, prudent. Il connaissait les rognes célèbres de son chef.

Dumoncel donna les détails du plan qu'il avait imaginé. Les deux policiers partiraient vers les dunes de Lingreville dans la Lancia de Weber. Ils se planqueraient dans le trou où s'étaient cachés Faytout et Brulard précédemment.

La voiture, dissimulée dans une quelconque grange, ils attendraient l'arrivée de Faytout et de sa camionnette. Ce dernier opérerait comme s'il était seul et viderait la totalité de la cave. Ce travail terminé, il remplirait la camionnette. La tâche était suffisamment longue et harassante pour que l'assassin, jugeant qu'il ne risquait rien, se pointe en douceur, sûr de son coup. Faytout n'avait pas peur. Quelque chose lui disait qu'il réussirait. Il avait confiance en Yvette, le plan de la jeune parisienne lui semblait le meilleur.

— Ouste, en piste, proclama Dumoncel qui venait de se rendre compte que l'on approchait des 23 heures.

Ils serrèrent les mains du gabelou.

— Bonne chance, vieux, murmura Weber d'une voix qu'étranglait l'émotion. Ne te fais aucun souci, nous veillons au grain. A la première velléité de mauvaise humeur de ton assassin, nous le trufferons de projectiles.

— Rendez-vous, donc, dans une heure.

La Lancia disparut dans la nuit. Faytout plia consciencieusement sa serviette et but une rasade de Beaujolais. Dieu, que ce vin était gouleyant ! A tout hasard, il inspecta la camionnette. L'incident du tracteur lui revenait en mémoire. Tout semblait normal : freins, fils de Delco, direction. Rassuré, il mit le contact et, à son tour, se fondit dans la nuit.

Donville, Bréville, Bréhal. Toutes les lumières étaient éteintes dans les chaumières. A Lingreville, il tourna au calvaire. Il eut, malgré lui, une petite pensée émue pour Yvette qui devait pester, là-bas, au village, à moins de 500 mètres de lui. Rageusement, il appuya sur l'accélérateur et engagea la voiture sur le chemin de la plage. Par mesure de précaution, il fixa le rétroviseur. Aucune lumière ! Il n'était pas suivi, du moins apparemment. Arrivé au cul de sac de la plage, il s'enfonça dans les dunes, tous feux éteints. La lune était sortie. Il devina, plus qu'il ne vit, ses deux complices allongés dans le trou de sable. Il continua son chemin, indifférent, vers la bergerie. Elle était déserte.

Faytout coupa le moteur et descendit ouvrir le hayon arrière. Du véhicule, il sortit une pelle et une série de filins qu'il attacha à l'anneau de tractage fixé sur le pont arrière. Pelle en main, il gagna le mur en ruine et entreprit de dégager l'orifice. Les branchages apparurent. Il les enleva et les rangea le long de la muraille. Actionnant sa torche, il balaya l'intérieur du caveau. Il manquait quelques malles mais il en demeurait une grande quantité. Il sauta dans le trou et commença son travail. Deux heures d'efforts incessants le laissèrent groggy, au pied du camion. Toutes les malles avaient été sorties. Il ne restait plus que la seconde phase du plan à mettre en application : hisser le trésor à bord du véhicule. Il eut envie de "pisser". Il se tourna vers la mer. Une voix tonitruante troua la nuit et l'avertit que l'heure était venue.

— Haut les mains et ne bouge plus !

Faytout tressaillit. Il reconnut instantanément le timbre. Oui, il ne se trompait pas. C'était bien le sergent Dussault, le sous-officier responsable du tir ! Ainsi, donc, c'était lui !

Les pensées défilèrent rapidement dans sa tête. Comment ce fou avait-il pu découvrir le secret ? Il était, ce lundi là, à environ un kilomètre de la bergerie, au P.C. radio, et les moutonnements des dunes l'empêchaient de discerner ce qui se passait à plus de deux cents mètres. Faytout n'eut pas le temps de gloser plus avant.

— Tu vas charger ta fourgonnette, ricana Dussault, et, ensuite, finie ta joyeuse adolescence. Deux balles dans la tête et tu iras pourrir dans la cave à l'emplacement des malles. Un bon rebouchage et la cachette ne sera pas prête d'être découverte ...

Les petites cellules grises de Faytout fonctionnaient à grande vitesse. Il prendrait son temps pour le chargement. Une heure de gagnée. En manoeuvrant habilement, il se dégagerait progressivement de la ligne de tir des deux policiers qui abattraient alors le sergent.

— J'ai rudement bien joué, hein ...

— Un schizophrène, un vrai schizophrène, balbutia Faytout effondré.

— Au boulot et en vitesse. Tu as trois-quarts d'heure pour monter tout cela à bord et ne compte pas sur moi. Je n'ai pas pour habitude de refiler le moindre coup de main à un futur cadavre, psalmodia le fou. Tu sais, j'ai fait l'Algérie, le Katanga, le Tchad, le Liban. J'aligne un mec à 50 mètres avec un seul pruneau. Tu peux me croire.

Le douanier n'en douta pas un seul instant. Il prit le parti de commencer sa tâche en priant le bon Dieu, en son for intérieur, que ses deux copains soient aussi bons tireurs que le sergent. Ce qui était loin d'être évident. Il ne restait que deux malles à hisser dans la fourgonnette. Faytout amorça une légère reptation, sur la droite, pour se dégager de Dussault qui le tenait en joue. Le garçon n'eut pas à aller plus avant, deux ombres venaient de surgir l'arme au poing.

— Haut les mains ! Balance ton arme, cria Dumoncel.

Instinctivement, Faytout sut que l'affaire était mal enclenchée. Dussault d'un bond formidable venait de l'agripper lui appliquant le canon de son arme sur la tempe.

— Je le bute si vous ne lâchez pas vos armes sur le sable. Je compte jusqu'à cinq, prévint le sergent.

— Un ...

Dumoncel et Weber se regardèrent interdits.

— Deux ...

— Trois ...

— Attendez et discutons, bégaya Weber.

— Lâchez le gosse et partez avec la camionnette. Nous vous donnons notre parole d'honneur de ne pas vous suivre.

— Quatre ... continua Dussault imperturbable et ...

Les deux policiers lâchèrent leur arme.

— Reculez, ordonna le sergent, et descendez dans la cave !

Ils s'exécutèrent, contraints et forcés.

— Plus vite, grogna le militaire qui, tout en relâchant sa pression sur Faytout, ajustait la silhouette de gauche.

Le jeune douanier saisit la chance inespérée qui s'offrait à lui. Il pivota légèrement et balança son genou dans les parties génitales de son bourreau qui lâcha son arme en hurlant. Sautant sur la plage, il détala dans la nuit. Mais il avait mal présumé son coup car Dussault venait de ramasser son pistolet et bondissait dans la camionnette. Le temps que Dumoncel et Weber s'extirpent de leur trou, la Peugeot avait disparu dans la nuit. Ils se retrouvèrent comme deux idiots, au bord de la bergerie, totalement effondrés. Cette fois-ci, c'était la fin, l'échec total. Dussault avait trop d'avance sur eux. Le temps de regagner à pied la Lancia dissimulée dans un abri à vaches, dans les marais, et l'assassin serait loin. Ils longèrent les dunes et empruntèrent le chemin du retour.

La surprise les cloua sur place. Ils écarquillèrent les yeux. A quelques mètres, un appel de phares se faisait pressant. Inquiets, ils pressèrent le pas. Un immense éclat de rire les accueillit. Yvette, grimpée sur le toit de la camionnette, tenait en respect, revolver au poing, Dussault allongé sur le sol, jambes et bras ligotés avec un filin d'acier.

— Alors, mec, articula-t-elle lentement, en apostrophant Weber, tu m'épouses oui ou non ? C'est le moment de te décider. Tu as la chance de ta vie. Ou tu réponds "oui", ou je relâche ce type !!!

Weber sourit. Dans son sourire, il y avait toute la tendresse du monde. Yvette comprit. Elle sauta à terre et se blottit contre l'épaule de son ami. Weber l'enlaça tendrement et lui murmura à l'oreille : "OK pour l'esclavage, dès notre retour à Saint-Germain".

Pendant que le couple se caressait et se couvrait de baisers, Dumoncel et Faytout, qui venaient de surgir, chargeaient Dussault dans la Peugeot et le catapultaient sans ménagement sur les malles.

— Comment avez-vous découvert le trésor, implora Faytout ?

— LE TALKIE-WALKIE DU CAPORAL-CHEF BLANC ETAIT RESTE BRANCHE.

J'AI DONC PU AISEMENT SUIVRE, SECONDE APRES SECONDE, VOS FAITS ET GESTES... LORS DE LA DECOUVERTE DU TRESOR DANS LA CAVE DE LA BERGERIE.

— Crapule, hurla Faytout qui revit en pensée le visage de ses sept copains !

* * *
* *
*

EPILOGUE

Dumoncel, qui triait en ce début de janvier son courrier, découvrit, parmi les plis administratifs qui lui avaient été expédiés, une petite enveloppe dont le parfum lui caressa agréablement les narines. Intrigué, il ouvrit et lut :

Mademoiselle Yvette DUTOUR

et

Monsieur Michel WEBER

sont heureux de vous faire part de
leur mariage qui a été célébré, le
samedi 24 décembre 1982,
dans la plus stricte intimité.

5bis, rue Volta, Saint-Germain-en-Laye (78)

L'inspecteur de police rigola un bon quart d'heure !

— Que l'on ne vienne plus me parler du M.L.F., je n'y crois plus !

Décrochant le combiné du téléphone, il

composa un numéro. La vie à l'extérieur continuait. Un convoi de camions militaires filait, à vive allure, vers la rue Le Campion.

— "Probablement un exercice de tir ..." estima Dumoncel, le regard perdu vers un gros nuage qui filait sur Chausey.

FIN

En guise de conclusion ...

Ce récit romancé est basé sur un fait divers réel. Il y a quelques années, un cultivateur du Centre-Manche, effectuant des réparations dans une grange à pommes, découvrait un "trésor" composé d'objets sacrés, visiblement cachés, là, pendant la Révolution.

C'est cette histoire que j'ai transposée à Granville pour que ne tombe pas dans l'oubli le départ définitif, en juin 1983, du 1er R.I.MA., caserné au Roc, et qui fait partie, désormais, de la mémoire collective de notre cité.

Le lecteur, enfin, me pardonnera le style particulier employé au cours du roman : elliptique, répétitif et populaire. Il était tout simplement celui utilisé par tous les conscrits incorporés dans l'Armée française, à l'époque des faits.

Michel HEBERT

Achevé d'imprimé par
CORLET Imprimeur
14110 Condé sur Noireau
N° d'imprimeur : 5869 *Dépôt légal :* juillet 1997